Maria

Marc Levy | Siete días para una eternidad

byblos

Título original: *Sept Jours pour une éternité*

Traducción: Teresa Clavel

1.ª edición: junio 2006

Bailén, 84 - 08009 Barcelona (España)
www.edicionesb.com

Diseño de cubierta: Estudio Ediciones B
Fotografía de cubierta: Getty Images
Diseño de colección: Ignacio Ballesteros

Printed in Spain
ISBN: 84-666-2783-9
Depósito legal: B. 21.722-2006

Impreso por NOVOPRINT

Marc Levy | Siete días para una eternidad

El azar es la forma que adopta Dios para pasar desapercibido.

JEAN COCTEAU

A Manine y a Louis

Al principio, Dios creó el cielo
y la tierra. Y atardeció y amaneció.

Primer día

Lucas, tendido en la cama, miró el pequeño piloto del busca, que parpadeaba frenéticamente. Cerró el libro y lo dejó a un lado. Era la tercera vez en cuarenta y ocho horas que leía aquella historia, y no recordaba ninguna lectura que le hubiera hecho disfrutar tanto.

Acarició la tapa con la yema de los dedos. Ese tal Hilton estaba a punto de convertirse en su autor favorito; se alegraba de que un cliente se lo hubiera dejado en el cajón de la mesilla de noche de aquella habitación de hotel. Tomó de nuevo el volumen y lo lanzó con gesto decidido hacia la maleta abierta que estaba al otro lado del cuarto. Miró el reloj, se desperezó y se levantó de la cama. «Vamos, arriba y en marcha», se dijo, de buen humor. Frente al espejo del armario, se hizo el nudo de la corbata, se puso la chaqueta del traje negro, recogió las gafas de sol de la mesita que estaba junto al televisor y se las guardó en el bolsillo superior. El busca que llevaba sujeto a una trabilla del pantalón continuaba vibrando. Empujó con un pie la puerta del armario y se acercó a la ventana. Apartó el visillo grisáceo e inmóvil para observar el patio interior; ni un soplo de brisa se llevaría la contaminación que invadía la parte baja de Manhattan y se extendía hasta los límites de TriBeCa.* Sería un día caluroso. A Lucas le encantaba el sol, y nadie mejor que él para saber lo noci-

* Barrio del sur de Manhattan.

vo que era. ¿Acaso no permitía proliferar toda clase de gérmenes y de bacterias en las tierras que padecen sequía? ¿Acaso no era peor que la Guadaña para separar a los débiles de los fuertes? «Y la luz se hizo», musitó mientras descolgaba el teléfono. Pidió a recepción que le prepararan la cuenta; debía interrumpir su viaje a Nueva York. Después salió de la habitación.

Al final del pasillo, desconectó la alarma de la puerta que daba a la escalera de incendios.

Al llegar al patio, sacó el libro antes de deshacerse de la maleta tirándola a un gran contenedor de basura y se adentró a paso ligero en el callejón.

Mientras caminaba por aquella calle mal pavimentada del SoHo, Lucas observaba con deleite un balconcillo de hierro forjado que sólo resistía la tentación de desplomarse gracias a dos roblones oxidados. La inquilina del tercer piso, una joven modelo de pechos excesivamente bien formados, vientre insolente y labios carnosos, se había tendido en la tumbona sin sospechar el peligro, lo que era una situación perfecta. Al cabo de unos minutos (si la vista no lo engañaba, y no lo engañaba nunca), los roblones cederían y la belleza se encontraría tres pisos más abajo con el cuerpo destrozado. La sangre que fluiría desde su oreja por los intersticios de los adoquines subrayaría el terror pintado en su semblante. Su bonito rostro conservaría esa expresión hasta que se descompusiera dentro de una caja de pino, donde la familia de la señorita la habría metido antes de sepultarla bajo una lápida de mármol y unos cuantos litros de lágrimas inútiles. Una insignificancia a la que dedicarían como máximo cuatro líneas mal redactadas en el periódico del barrio y que le costaría un juicio al propietario del inmueble. Un responsable técnico del ayuntamiento perdería su empleo (siempre hace falta un culpable) y uno de sus superiores, tras llegar a la conclusión de que el accidente podría haber sido un auténtico drama si el balcón hubiera caído sobre algún transeúnte, enterraría el asunto.

Después de todo, había un Dios en el mundo, y ése, en definitiva, era el verdadero problema de Lucas.

El día habría podido empezar maravillosamente bien si en el interior de ese bonito piso no hubiera sonado un teléfono y si la idiota que en él vivía no hubiera dejado su móvil en el cuarto de baño. La estúpida cabeza de chorlito se levantó para ir a buscarlo; decididamente, tenía más memoria un Mac que el cerebro de una modelo, se dijo Lucas, decepcionado.

Lucas apretó las mandíbulas y los dientes le rechinaron al mismo tiempo que los frenos del camión de la basura que se dirigía hacia él chirriaban, haciendo temblar la calle. El ensamblado metálico se desprendió con un crujido seco y nítido de la fachada y empezó a caer. Un trozo de barandilla hizo añicos el cristal de una ventana del piso de abajo. Un diluvio de vigas de hierro oxidadas —habitáculos subterráneos de colonias de bacilos del tétanos— estaba descendiendo hacia el pavimento. La mirada de Lucas se iluminó de nuevo: un afilado larguero de metal caía hacia el suelo a una velocidad vertiginosa. Si sus cálculos resultaban exactos, y siempre lo eran, no había nada perdido. Cruzó despreocupadamente la calzada, obligando al conductor del camión a reducir la velocidad. La viga atravesó la cabina del camión de la basura y se clavó en el tórax del conductor; el vehículo dio un terrible bandazo. Los dos basureros que iban encaramados en la plataforma trasera no tuvieron tiempo de gritar: uno fue engullido por la boca de la caja e inmediatamente triturado por sus mandíbulas, que seguían funcionando, imperturbables; el otro fue proyectado hacia delante y aterrizó, inerte, en el suelo. El eje delantero le pasó por encima de una pierna.

En su carrera, el Dodge chocó contra una farola, que salió despedida por los aires. Los cables eléctricos, ya pelados, tuvieron la ocurrencia de ponerse a dar coletazos y meterse en el agua sucia del arroyo. Un haz de chispas anunció el tremendo cortocircuito que afectó a toda la manzana de casas. Los semáforos del barrio se quedaron, en señal de duelo, más negros que el traje de Lucas. Ya se oía a lo lejos el ruido de las primeras colisiones en los cruces, abandonados a su suerte. En la intersección de las calles Crosby y Spring, el choque del camión descontrolado con un taxi amarillo fue inevitable. Al ser golpeado de través, el *yellow cab* se empotró en la tienda del Museo de Arte Moderno. «Otra obra de arte para su escaparate», murmuró Lucas. El eje delantero del camión se subió encima de un coche aparcado; los faros, ahora ciegos, apuntaban hacia el cielo. El pesado camión se retorció entre ruidos de chapa desgarrada, antes de tumbarse de lado, vomitar las toneladas de detritus que llevaba en las entrañas y dejar la calzada cubierta por una alfombra de inmundicias. Al estruendo del drama consumado siguió un silencio mortal. El sol proseguía tranquilamente su recorrido hacia el cenit; el calor de sus rayos no tardaría en volver pestilente la atmósfera del barrio.

Lucas se ajustó el cuello de la camisa; le horrorizaba que le sobresalieran los picos por encima de la chaqueta. Contempló la magnitud del desastre. Apenas eran las nueve en su reloj y, al final, estaba empezando un día espléndido.

La cabeza del taxista descansaba sobre el volante y accionaba el claxon, que sonaba al mismo tiempo que la sirena de los remolcadores en el puerto de Nueva York, un lugar precioso cuando hacía buen tiempo, como ese domingo de finales de otoño. Lucas se dirigía hacia allí, desde donde un helicóptero lo trasladaría al aeropuerto de LaGuardia. Sólo faltaban sesenta y seis minutos para que despegara su avión.

El muelle 80 del puerto mercante de San Francisco estaba desierto. Zofia colgó despacio el teléfono y salió de la cabina. Entornando los ojos a causa de la luz, contempló el malecón de enfrente. Un enjambre de hombres trajinaba alrededor de gigantescos contenedores. Los conductores de las grúas, encaramados en sus respectivas barquillas, dirigían un delicado ballet de plumas que se cruzaban sobre un inmenso carguero con destino a China. Zofia suspiró: aun poniendo la mejor voluntad del mundo, no podía hacerlo todo sola. Tenía muchos dones, pero no el de la ubicuidad.

La bruma ya cubría el tablero del Golden Gate, cuyos pilares apenas sobresalían de la densa nube que invadía progresivamente la bahía. En cuestión de instantes, la actividad portuaria tendría que paralizarse por falta de visibilidad. Zofia, preciosa con su uniforme de oficial encargada de la seguridad, contaba con muy poco tiempo para convencer a los capataces sindicados de que ordenaran detenerse a los cargadores que trabajaban a destajo. ¡Ojalá hubiera sabido enfadarse! La vida de un hombre debería tener prioridad sobre unas cuantas cajas cargadas deprisa y corriendo. Pero los hombres no cambian así como así; de lo contrario, no habría habido necesidad de que ella estuviera allí.

A Zofia le gustaba el ambiente que reinaba en los muelles de carga. Siempre tenía muchas cosas que hacer. Toda la miseria del mundo se daba cita a la sombra de los antiguos puertos francos. Los vagabundos se instalaban allí, apenas protegidos de las lluvias otoñales, de los vientos helados que el Pacífico arrastraba hacia la ciudad al llegar el invierno y de las patrullas de policía, poco amigas de adentrarse en ese universo hostil en cualquier estación.

—¡Manca, ordéneles que paren! —El hombre corpulento fingió no haberla oído. Estaba anotando el número de matrícula de un contenedor, que se elevaba hacia el cielo, en un gran bloc de notas que mantenía apoyado contra el vientre—. ¡Manca, no me obligue a presentar una denuncia! ¡Use la radio y ordene que dejen de trabajar ya! —insistió Zofia—. La visibilidad es inferior a ocho metros, y sabe perfectamente que debería haber tocado el silbato en cuanto ha bajado de diez.

El capataz Manca firmó la hoja y se la tendió a su joven ayudante. Con un gesto de la mano, le indicó que se alejara.

—No se quede aquí, está en una zona peligrosa. Cuando una carga se suelta, no perdona.

—Sí, pero no se suelta nunca. Manca, ¿me ha oído? —insistió Zofia.

—¡No tengo una mira láser en los ojos, que yo sepa! —masculló el hombre, rascándose una oreja.

—¡Pero su mala fe es más precisa que cualquier telémetro! No intente ganar tiempo. Cierre este puerto ahora mismo, antes de que sea demasiado tarde.

—Hace cuatro meses que trabaja aquí y nunca había bajado tanto la productividad como desde que ha llegado. ¿Va a encargarse usted de alimentar a las familias de mis compañeros cuando acabe la semana?

Un tractor estaba acercándose a la zona de descarga. El conductor no veía prácticamente nada y la horquilla frontal evitó por los pelos chocar contra una batea.

—Vamos, apártese. ¿No ve que molesta?

—No soy yo quien molesta, es la niebla. Lo único que tiene que hacer es pagar de otra forma a los cargadores. Estoy segura de que sus hijos se alegrarán más de ver a su padre esta noche que de cobrar la prima del seguro de defunción del sindicato. Dese prisa, Manca, dentro de dos minutos tramito una demanda judicial contra usted, e iré personalmente a los tribunales. —El capataz miró a Zofia antes de escupir en el agua—. ¿Se da cuenta? ¡No se ven ni sus escupitajos! —dijo ella.

Manca se encogió de hombros, empuñó el walkie-talkie y se resignó a ordenar el cese general de las actividades. Al cabo de un instante sonaron cuatro toques de bocina e inmediatamente se paralizó la danza de grúas, elevadores, tractores y todo cuanto podía moverse en los muelles y a bordo de los cargueros. A lo lejos, en lo invisible, la sirena de niebla de un remolcador respondió al cese de la actividad.

—Si seguimos parando tantos días, este puerto acabará por cerrar.

—No depende de mí que llueva o haga sol, Manca. Yo me limito a evitar que sus hombres se maten. ¡Y no ponga esa cara, odio que estemos enfadados! Vamos, le invito a un café y unos huevos revueltos.

—Puede mirarme todo lo que quiera con sus ojos de ángel, pero, se lo advierto, en cuanto la visibilidad llegue a diez metros, lo pongo todo en marcha otra vez.

—En cuanto pueda leer el nombre de los barcos en el casco. ¡Venga, vamos!

El Fisher's Deli, la mejor taberna del puerto, ya estaba abarrotada. Siempre que había niebla, los cargadores se reunían allí para compartir la esperanza de que el cielo se despejara y permitiera no perder el día. Los más veteranos estaban sentados al fondo de la sala. De pie, en la barra, los jóvenes se mordían las uñas mientras trataban de distinguir por las ventanas la proa de un barco o la pluma de una grúa, primeros indicios de una mejoría del tiempo. Tras las conversaciones de compromiso, todos se ponían a rezar con un nudo en el estómago y el corazón en un puño. Para esos obreros polivalentes, que trabajaban tanto de día como de noche sin quejarse jamás del óxido y de la sal que se les calaban hasta en las articulaciones, para esos hombres que ya no sentían las manos, cubiertas de gruesos callos, era terrible volver a casa con el puñado de dólares de la garantía sindical en el bolsillo.

En el bar había un estruendo de cubiertos que entrechocaban, de vapor que salía silbando de la cafetera, de cubitos extraídos de las bandejas... Los cargadores, sentados en grupos de seis en los bancos de escay, intercambiaban pocas palabras por encima del estrépito.

Mathilde, la camarera de figura frágil, con un corte de pelo estilo Audrey Hepburn y una blusa de vichy, llevaba una bandeja tan cargada que las botellas parecían mantenerse en equilibrio por arte de magia. Con el bloc de pedidos en el bolsillo del delantal, iba y venía de la cocina a la barra, del bar a las mesas, de la sala a la ventanilla del friegaplatos. Para ella, los días de bruma espesa eran agotadores, pero, dada su soledad cotidiana, los prefería a los tranquilos. Con sus generosas sonrisas, sus miradas de reojo y sus réplicas mordaces, siempre acababa por levantar un poco la moral a los hombres. La puerta se abrió, ella volvió la cabeza y sonrió; conocía perfectamente a la chica que estaba entrando.

—¡Zofia, mesa cinco! Date prisa, casi he tenido que subirme encima para guardártela. Enseguida os traigo café.

Zofia se sentó en compañía del capataz, que continuaba refunfuñando.

—Llevo cinco años diciendo que instalen un alumbrado de tungsteno. Con eso ganaríamos por lo menos veinte días de trabajo al año. Además, esas normas son una idiotez. Mis muchachos pueden currar perfectamente con una visibilidad de cinco metros, son todos profesionales.

—¡Por favor, Manca, los aprendices representan el treinta y siete por ciento de sus efectivos!

—¡Los aprendices están aquí para aprender! Nuestro oficio se transmite de padres a hijos, y aquí nadie juega con la vida de los demás! ¡El carnet de cargador se gana a pulso, y sirve igual haga buen o mal tiempo!

El rostro de Manca se dulcificó cuando Mathilde los interrumpió para servirles, orgullosa de la rapidez que había llegado a alcanzar.

—Huevos revueltos con beicon para usted, Manca. Tú, Zofia, supongo que no quieres comer nada, como de costumbre. De todas formas, te traeré un café con leche, aunque tampoco te lo tomarás... En fin, el pan, el ketchup, aquí lo tenéis todo.

Manca, con la boca ya llena, le dio las gracias. Mathilde le preguntó a Zofia, con voz vacilante, si esa noche tenía algún compromiso. Zofia le respondió que pasaría a buscarla cuando terminara de trabajar. La camarera, aliviada, desapareció en el tumulto del local, cada vez más lleno. Desde el fondo de la sala, un hombre bastante corpulento se dirigió hacia la salida. Al llegar a la altura de su mesa, se detuvo para saludar al capataz. Manca se limpió la boca y se levantó para hablar con él.

—¿Qué haces por aquí?

—Lo mismo que tú. He venido a comer los mejores huevos revueltos de la ciudad.

—¿Conoces a nuestra oficial de seguridad, la teniente Zofia...?

—No tenemos el placer de conocernos —lo interrumpió Zofia, levantándose.

—Entonces, le presento a mi viejo amigo el inspector George Pilguez, de la policía de San Francisco.

La joven le tendió la mano al detective, que estaba mirándola, sorprendido, cuando el busca que Zofia llevaba sujeto al cinturón comenzó a sonar.

—Me parece que la llaman —dijo Pilguez.

Zofia examinó el aparatito que llevaba en el cinturón. El piloto luminoso no paraba de parpadear sobre el número siete. Pilguez la observó sonriendo.

—¿Los suyos llegan hasta el siete? Entonces es que su trabajo debe ser muy importante. Los nuestros no pasan del cuatro.

—Es la primera vez que se enciende ese piloto —contestó ella, desconcertada—. Discúlpenme, pero tengo que dejarlos.

Se despidió de los dos hombres, le hizo una seña a Mathilde, que no la vio, y se abrió camino hacia la puerta a través de la multitud.

Desde la mesa donde el inspector Pilguez había ocupado su lugar, el capataz gritó:

—¡No conduzca demasiado deprisa! ¡Ningún vehículo está autorizado a circular con una visibilidad de menos de diez metros!

Pero Zofia no lo oyó. Mientras iba corriendo hacia su coche, se subió el cuello de la cazadora de piel. Nada más cerrar la portezuela, hizo girar la llave de contacto y el motor arrancó de inmediato. El Ford oficial empezó a recorrer los muelles con la sirena en marcha. A Zofia no parecía molestarle la opacidad de la niebla, cada vez más intensa. Circulaba por aquel decorado espectral deslizándose entre las patas de las grúas, sorteando alegremente los contenedores y las máquinas paradas. Le bastaron unos minutos para llegar a la entrada de la zona de actividad mercantil. En el puesto de control disminuyó la velocidad a pesar de que, con el tiempo que hacía, seguramente había vía libre. La barrera de rayas rojas y blancas estaba levantada. El vigilante del muelle 80 salió de la garita, pero le resultó imposible ver nada. Uno no veía ni su propia mano. Zofia subía por la calle Tercera bordeando la zona portuaria. Después de atravesar todo el barrio chino, la calle doblaba por fin hacia el centro de la ciudad. Zofia conducía, imperturbable, por las calles desiertas. El busca sonó de nuevo.

—¡Hago lo que puedo! —protestó en voz alta—. ¡No tengo alas y además hay limitación de velocidad!

Apenas había terminado de pronunciar la frase cuando un enorme rayo difundió un halo de luz fulgurante en la bruma. Siguió un trueno de una violencia increíble, que hizo temblar los cristales de todas las casas. Zofia abrió los ojos como platos, sobresaltada, y apretó un poco más el acelerador. La aguja se movió ligeramente hacia la derecha. Aminoró la marcha para atravesar la calle Market (ya no se distinguía el color de los semáforos) y se adentró en Kearny. Ocho manzanas separaban aún a Zofia de su destino, nueve si se resignaba a respetar el sentido de circulación de las calles, cosa que sin duda alguna haría.

Una lluvia torrencial desgarraba el silencio en las oscuras calles, gruesas gotas se estrellaban contra los cristales haciendo un ruido ensordecedor, los limpiaparabrisas resultaban inútiles para apartar el agua. A lo lejos, tan sólo la punta del último piso de la majestuosa torre piramidal del Transamerica Building asomaba por encima de la densa nube negra que cubría la ciudad.

Arrellanado en su asiento de primera clase, Lucas disfrutaba contemplando por el ojo de buey aquel espectáculo diabólico pero de una belleza divina. El Boeing 767 daba vueltas sobre la bahía de San Francisco, a la espera de una hipotética autorización para aterrizar. Lucas, impaciente, tamborileó con los dedos sobre el busca que llevaba colgado del cinturón. El piloto número siete no cesaba de parpadear. La azafata se acercó a él para decirle que lo apagara y pusiera el respaldo en posición vertical, porque el aparato estaba realizando la maniobra de aproximación.

—¡Pues déjense de aproximaciones y tomen tierra de una puta vez! ¡Tengo prisa!

La voz del comandante sonó a través de los altavoces: las condiciones meteorológicas en tierra eran relativamente difíciles, pero la escasa cantidad de queroseno que quedaba en los depósitos los obligaba a aterrizar. Pidió a la tripulación que se sentara y le indicó a la jefa de cabina que se dirigiera al puesto de pilotaje. A continuación colgó el micro. La expresión forzada de la azafata de primera clase merecía un Oscar: ninguna actriz del mundo habría sabido desplegar la sonrisa Charlie Brown que ella plantificó en la comisura de sus labios. La anciana que estaba sentada al lado de Lucas, y que ya no era capaz de controlar su miedo, lo agarró de la muñeca. A Lucas le divirtió la humedad de su mano y el ligero temblor que la agitaba. Una serie de sacudidas, a cual más violenta, zarandeó la carlinga. El metal parecía sufrir tanto como los pasajeros. A través del ojo de buey, se podían ver oscilar las alas del aparato, al máximo de la amplitud prevista por los ingenieros de Boeing.

—¿Por qué han llamado a la jefa de cabina? —preguntó la anciana, al borde del llanto.

—Para que se tome un trago con el comandante —contestó Lucas, radiante—. ¿Asustada?

—Más que eso, diría yo. ¡Voy a rezar por nuestra salvación!

—¡Ni se le ocurra! Es usted afortunada, así que conserve esa angustia. ¡Es buenísima para su salud! La adrenalina lo limpia todo. Es el desatascador líquido del circuito sanguíneo, y además hace trabajar al corazón. ¡En estos momentos está ganando dos años de vida! Veinticuatro meses de abono gratis no son como para despreciarlos, aunque, por la cara que pone, los programas no deben de ser nada del otro mundo.

La pasajera tenía la boca demasiado seca para contestar y se enjugó unas gotas de sudor de la frente con el dorso de la mano. Se le había acelerado el corazón, le costaba respirar y una multitud de estrellitas le nublaba la vista. Lucas, divertido, le dio unas palmadas amistosas en la rodilla.

—Si cierra los ojos muy fuerte, y se concentra, por supuesto, verá la Osa Mayor.

Rompió a reír. Su vecina había perdido el conocimiento y la cabeza le cayó sobre el reposabrazos. A pesar de las violentas turbulencias, la azafata se levantó. Agarrándose como pudo a los portaequipajes, avanzó hacia la mujer desvanecida. Sacó un frasquito de sales del bolsillo del delantal, lo abrió y se lo puso a la anciana inconsciente bajo la nariz. Lucas la miró, todavía más divertido.

—Tenemos que disculpar a la abuela por no mantener el tipo, porque hay que reconocer que el piloto no se anda con chiquitas. Parece que estemos en la montaña rusa. Oiga, dígame una cosa..., quedará entre nosotros, se lo prometo... Esto de aplicarle a ella su remedio de vieja, ¿es para curar el mal con el mal?

Lucas no pudo reprimir otra carcajada. La jefa de cabina lo miró, indignada. A ella no le parecía nada divertida la situación y así se lo hizo saber.

Un bache proyectó a la azafata hacia la puerta de la cabina. Lucas le dirigió una amplia sonrisa y abofeteó sin contemplaciones a su vecina. Ésta se sobresaltó y abrió los ojos.

—¡Vaya, ha vuelto con nosotros! ¡Menudo viajecito!, ¿eh? —Se inclinó hacia su oído y susurró—: No se avergüence. Mire a su alrededor, están todos rezando, ¡qué ridículo!

La mujer no tuvo tiempo de contestar. Entre el ruido ensordecedor de los motores, el avión acababa de tomar tierra. El piloto invirtió el impulso de los reactores y el agua azotó violentamente la carlinga. Finalmente, el aparato se detuvo. Los pasajeros aplaudían a los pilotos o juntaban las manos para dar las gracias a Dios por haberlos salvado. Lucas, exasperado, se desabrochó el cinturón de seguridad, alzó los ojos al cielo, miró el reloj y se encaminó a la puerta delantera.

La lluvia había arreciado. Zofia aparcó el Ford junto a la acera que bordeaba la torre y bajó la visera del parabrisas para dejar a la vista una pequeña insignia con las letras CIA. Salió corriendo bajo el chaparrón, rebuscó en los bolsillos y metió en el parquímetro la única moneda que encontró. Después cruzó la explanada, pasó por delante de las tres puertas giratorias por las que se accedía al vestíbulo principal del majestuoso edificio piramidal y lo rodeó. El busca vibró de nuevo y Zofia alzó los ojos al cielo.

—¡Lo siento, pero el mármol mojado es muy resbaladizo! Todo el mundo lo sabe, salvo quizá los arquitectos...

En el último piso de la torre, muchas veces decían en

broma que la diferencia entre los arquitectos y Dios era que Dios no se consideraba arquitecto.

Zofia avanzó junto a la pared del edificio hasta llegar a una placa de un color más claro y apoyó una mano sobre ella. En la fachada se desplazó un panel. La joven entró e inmediatamente el panel volvió a su sitio.

Lucas había bajado del taxi y caminaba con paso decidido por la explanada que Zofia había dejado atrás hacía unos instantes. En el lado opuesto de la misma torre, apoyó la mano sobre la piedra, igual que ella. Una placa, en este caso más oscura que las demás, se deslizó y Lucas entró en el ala oeste del Transamerica Building.

Zofia no había tenido ninguna dificultad para acostumbrarse a la penumbra del corredor. Siete recodos más adelante, accedió a un amplio vestíbulo con las paredes de granito blanco desde el que se elevaban tres ascensores. La altura hasta el techo era vertiginosa. Nueve globos monumentales, todos de tamaño diferente y colgados de cables cuyos puntos de sujeción no se veían, difundían una luz opalina.

Cada visita a la sede de la Agencia era para ella una fuente de asombro. Decididamente, la atmósfera que reinaba en aquel lugar era insólita. Saludó al conserje, que estaba detrás del mostrador y se había levantado.

—Buenos días, Pedro, ¿cómo está?

El afecto de Zofia por el que vigilaba desde siempre el acceso a la Central era sincero. Todos los recuerdos que tenía de su paso por las ansiadas puertas estaba asociado a su presencia. ¿Acaso no se debía a él el clima apacible y tranquilizador que, pese al intenso tránsito, reinaba en la Entrada de la Morada? Ni siquiera los días de gran afluencia, cuando cientos de personas se agolpaban en las puertas, Pedro permitía el desorden y los empujones. La sede de la CIA no había sido la misma sin la presencia de aquel ser ponderado y atento.

—Mucho trabajo últimamente —dijo Pedro—. La esperan. Si desea cambiarse, debo de tener su llave del vestuario en alguna parte. Un segundo... —Se puso a rebuscar en unos cajones y murmuró—: ¡Hay tantas! A ver..., ¿dónde la he puesto?

—¡No tengo tiempo, Pedro! —dijo Zofia, caminando apresuradamente hacia el pórtico de seguridad.

La puerta acristalada se abrió. Zofia se dirigió al ascensor de la izquierda, pero Pedro le señaló con un dedo la cabina exprés del centro, la que llevaba directamente al último piso.

—¿Está seguro? —preguntó ella, sorprendida.

Pedro asintió con la cabeza al tiempo que las puertas se abrían y el sonido de una campanilla rebotaba en las paredes de granito. Zofia se quedó paralizada unos segundos.

—Dese prisa, y que tenga un buen día —le dijo él con una sonrisa afectuosa.

La puertas se cerraron tras ella y la cabina se elevó hacia el último piso de la CIA.

En el ala opuesta de la torre, el neón del viejo montacargas chisporroteaba y la luz fluctuó unos segundos. Lucas se ajustó la corbata y se estiró la chaqueta. Las rejas acababan de abrirse.

Un hombre vestido con un traje idéntico al suyo se acercó inmediatamente para recibirlo. Sin dirigirle la palabra, le señaló con gesto seco los asientos de la sala de espera y volvió a sentarse detrás de su mesa. El perro pastor con aspecto de cancerbero que dormía atado a sus pies levantó un párpado, se lamió los belfos y cerró de nuevo el ojo. Un hilo de baba cayó sobre la moqueta negra.

La recepcionista había acompañado a Zofia hasta un mullido sofá y le ofreció las revistas extendidas sobre una mesa de centro. Antes de regresar a su mostrador, le aseguró que no tardarían en ir a buscarla.

En el mismo momento, Lucas cerró una revista y consultó su reloj. Eran casi las doce de la mañana. Se desabrochó la correa y se lo puso al revés para no olvidar ponerlo en hora cuando se marchara. Algunas veces, en la «Oficina», el tiempo se detenía, y Lucas no soportaba la falta de puntualidad.

Zofia reconoció a Miguel en cuanto apareció al fondo del pasillo, y el rostro se le iluminó en el acto. El cabello gris siempre un poco enmarañado, las patas de gallo que le alargaban las facciones y aquel irresistible acento escocés (algunos afirmaban que lo había copiado de sir Sean Connery, del que no se perdía ninguna película) le daban un aire elegante que la edad no alteraba. A Zofia le encantaba la forma que tenía su padrino de pronunciar las eses, pero todavía le chiflaba más el hoyuelo que se le formaba en la barbilla cuando sonreía. Desde su llegada a la Agencia, Miguel era su mentor, su eterno modelo. Él había acompañado todos sus pasos a medida que había ido subiendo los escalones de la jerarquía y siempre se las había arreglado para que en su expediente no figurase nada negativo. A fuerza de pacientes lecciones y de atenciones abnegadas, siempre había realzado las valiosas cualidades de su protegida: la gran generosidad de Zofia, su ingenio y la vivacidad de su alma sincera compensaban sus legendarias réplicas, que a veces sorprendían a sus compañeros. En cuanto a la forma en ocasiones poco ortodoxa que tenía de vestirse, allí todo el mundo sabía perfectamente, y desde hacía mucho tiempo, que el hábito no hace al monje.

Miguel siempre había apoyado a Zofia porque, desde el mismo momento de su admisión, la había identificado como un miembro de elite, y siempre se había esforzado para que ella no se enterase. Nadie se habría atrevido a discutir sus puntos de vista; se le reconocía por su autoridad natural, su prudencia y su devoción. Desde la noche de los tiempos, Miguel era el número dos de la Agencia, el brazo derecho del gran Jefe, a quien allá arriba todo el mundo llamaba Señor.

Miguel, con un expediente bajo el brazo, llegó a la altura de Zofia, que se levantó para darle un beso.

—Me alegro de verte. ¿Has sido tú quien me ha mandado llamar?

—Sí, bueno..., no exactamente. Espera aquí —dijo Miguel—. Vendré a buscarte.

Parecía tenso, cosa impropia de él.

—¿Qué ocurre?

—Ahora no, ya te lo explicaré más tarde. Y tú, hazme el favor de tirar ese caramelo antes de...

La recepcionista no le dejó tiempo para acabar su consejo; lo esperaban. Se adentró en el pasillo a paso rápido y volvió la cabeza para tranquilizar a Zofia con la mirada. A través del tabique, ya oía los fragmentos de la enconada conversación que se desarrollaba en el gran despacho.

—¡Ah, no, en París no! Están continuamente en huelga... Sería demasiado fácil para ti, hay manifestaciones casi a diario... No insistas... Llevan así mucho tiempo, así que dudo que vayan a cambiar ahora para complacernos.

Un breve silencio animó a Miguel a levantar la mano para llamar a la puerta, pero interrumpió el gesto al oír la voz del Señor añadir en un tono más fuerte:

—¡Asia y África tampoco!

Miguel acercó los nudillos a la puerta, pero su mano se detuvo a unos centímetros porque la voz volvió a subir de tono, y esta vez retumbó hasta en el pasillo.

—¡Tejas ni hablar! ¿Por qué no en Alabama, ya puestos?

Hizo otro intento con el mismo éxito, aunque la voz se había apaciguado.

—¿Qué te parece aquí? Después de todo, no es mala idea... Nos evitará desplazamientos inútiles, y con el tiempo que hace que competimos por este territorio... ¡Voto por San Francisco!

El silencio indicó que había llegado el momento. Zofia sonrió tímidamente a Miguel mientras éste entraba en el despacho del Señor. La puerta se cerró tras él y Zofia se volvió hacia la recepcionista.

—Está nervioso, ¿no?

—Sí, desde la salida del sol occidental —contestó la chica sin comprometerse.

—¿Por qué?

—Aquí oigo muchas cosas, pero aun así no estoy al corriente de los secretos del Señor... Además, ya conoce las normas: no puedo decir nada. No quiero perder el puesto.

A costa de grandes esfuerzos, consiguió guardar silencio algo más de un minuto. Luego añadió:

—Esto que quede entre nosotras, pero le puedo asegurar que no es el único que está tenso. Rafael y Gabriel se han pasado toda la noche occidental trabajando, y a la hora del crepúsculo oriental, Miguel se ha reunido con ellos. Debe de tratarse de algo muy grave.

A Zofia le divertía el extraño vocabulario de la Agencia. Aunque, ¿era posible pensar en horas en aquel lugar, cuando cada huso del globo tenía la suya? Cada vez que ella hacía algún comentario irónico, su padrino le recordaba que la proyección universal de las actividades de la Central y las diversidades lingüísticas de su personal justificaban determinadas expresiones y otros usos. Estaba prohibido, por ejemplo, utilizar números para identificar a los agentes de la Inteligencia. El Señor había elegido a los primeros miembros de su directiva nombrándolos, y la tradición había perdurado. Por último, unas reglas sencillísimas, muy alejadas de las ideas preconcebidas que se tenían en la Tierra, facilitaban la coordinación operativa y jerárquica de la CIA. Desde siempre, se identificaba a los ángeles por un nombre.

Porque así era como funcionaba desde la noche de los tiempos la casa de Dios, también llamada CENTRAL DE INTELIGENCIA DE LOS ÁNGELES.

El Señor caminaba arriba y abajo con las manos cruzadas tras la espalda y semblante preocupado. De vez en cuando, se detenía para mirar por las grandes ventanas de la habitación. Abajo, el grueso colchón de nubes impedía entrever la más mínima parcela de tierra. La inmensidad azul bordeaba el ventanal de dimensiones infinitas. Lanzó una mirada enfurecida a la mesa de reuniones, que cubría la estancia en sentido longitudinal. El desmesurado tablero se extendía hasta el tabique del despacho contiguo. El Señor se volvió hacia la mesa y apartó una pila de expedientes. Todos sus gestos delataban la impaciencia que intentaba controlar.

—¡Todo esto está viejo! ¡Viejo y polvoriento! ¿Quieres que te diga lo que pienso? ¡Que estos candidatos están decrépitos! ¿Cómo quieres que ganemos así?

Miguel se había quedado junto a la puerta y avanzó unos metros.

—Todos son agentes seleccionados por su Consejo...

—¡Eso, hablemos de mi Consejo! ¡Menuda falta de ideas! Siempre repitiendo las mismas parábolas... ¡El Consejo ha envejecido! Cuando eran jóvenes, tenían miles de ideas para mejorar el mundo, pero ahora casi están resignados.

—Pero no han perdido sus cualidades, Señor.

—Yo no las cuestiono, ¡pero mira en qué situación nos encontramos!

Su voz se había elevado, haciendo temblar las paredes

de la estancia. Lo que más temía Miguel eran los accesos de cólera de su jefe. Eran rarísimos, pero hasta entonces sus consecuencias habían sido devastadoras. Bastaba mirar por la ventana el tiempo que hacía en la ciudad para adivinar de qué humor estaba en ese momento.

—¿Las soluciones del Consejo han hecho progresar realmente a la humanidad en los últimos tiempos? —prosiguió el Señor—. No hay motivos para echar las campanas al vuelo, ¿verdad? A este paso, nuestra influencia será menor que el simple roce del ala de una mariposa..., la Suya y la Mía —añadió, señalando la pared del fondo de la habitación—. ¡Si los eminentes miembros de mi asamblea hubieran demostrado un poco más de modernidad, no tendría que aceptar un reto tan absurdo! ¡Pero la apuesta ya está hecha, así que necesitamos algo nuevo, original, brillante y, sobre todo, creativo! ¡Ha empezado una nueva campaña, y lo que está en juego es la suerte de esta casa, qué demonios!

Se oyeron tres golpes en el tabique que separaba el despacho de la estancia contigua. El Señor miró la pared, irritado, y se sentó en un extremo de la mesa. Luego miró a Miguel con expresión maliciosa.

—¡Enséñame lo que llevas bajo el brazo!

Su fiel adjunto se acercó, confuso, y dejó ante él una carpeta de cartulina. El Señor la abrió y pasó las primeras hojas. La mirada se le iluminó, y las arrugas de la frente revelaban el creciente interés con que leía. Pasó el último separador y examinó atentamente la serie de fotografías adjuntas.

Rubia, abstraída en una calle del viejo cementerio de Praga; morena, corriendo por los canales de San Petersburgo; pelirroja, atenta bajo la torre Eiffel; con el pelo corto en Rabat, largo y suelto en Roma, rizado en la plaza de Europa de Madrid, ambarino en las callejuelas de Tánger. Y siempre encantadora. De frente o de perfil, su rostro era sencillamente angelical. El Señor señaló con expresión inquisitiva la única foto en la que Zofia llevaba los hombros descubiertos; un pequeño detalle había atraído su atención.

—Es un dibujo —se apresuró a decir Miguel, cruzando los dedos—. Un diminuto par de alas, una coquetería sin importancia, un tatuaje... ¿Un poco moderno quizá? No importa, se puede borrar.

—Ya veo que son unas alas —masculló el Señor—. ¿Dónde está? ¿Cuándo puedo verla?

—Está esperando fuera.

—¡Pues hazla pasar!

Miguel salió del despacho y fue a buscar a Zofia. Por el camino, le hizo una serie de recomendaciones. Zofia iba a reunirse con el gran Jefe, y el acontecimiento era lo bastante excepcional para que su padrino se pusiera nervioso si se encontrase en su lugar... Zofia debía comportarse durante toda la entrevista. Se limitaría a escuchar, salvo si el Señor hacía una pregunta y no daba él mismo la respuesta. Estaba prohibido mirarlo a los ojos. Miguel hizo una pausa para recobrar el aliento y prosiguió:

—Recógete el pelo y manténte erguida. Ah, y otra cosa: si tienes que hablar, acaba todas las frases diciendo Señor. —Miguel miró a Zofia y sonrió—. Olvida lo que acabo de decirte y sé tú misma. Al fin y al cabo, es lo que prefiere. Por eso he propuesto tu candidatura, y no me cabe duda de que también por eso Él ya te ha elegido. Estoy agotado, ya no tengo edad para esto.

—¿Elegido para qué?

—Ahora lo sabrás. Vamos, respira hondo y entra, es tu gran día... ¡Y tira ese chicle de una vez!

Zofia no pudo evitar hacer una reverencia.

Con su rostro profundamente marcado, sus manos sublimes, su corpulencia y su voz grave, Dios era más impresionante aún de lo que ella había podido imaginar.

La joven deslizó discretamente el chicle hasta colocarlo debajo de la lengua y sintió que un indescriptible estremecimiento le recorría la espalda. El Señor la invitó a sentarse. Puesto que, según su padrino (sabía que así era como llamaba a Miguel), Zofia era uno de los agentes mejor cualificados de su Morada, se disponía a confiarle la misión más importante de la Agencia desde su creación. La miró e inmediatamente ella bajó la cabeza.

—Miguel te entregará los documentos y las instrucciones necesarios para el perfecto desarrollo de las operaciones, cuya responsabilidad será exclusivamente tuya...

No podía cometer ningún error y tenía el tiempo contado para lograr el objetivo: siete días.

—Demuestra imaginación, talento. Por lo que sé, posees innumerables aptitudes. Ah, y debes ser sumamente discreta. También sé que eres muy eficaz.

Bajo su dirección, ninguna operación había expuesto tanto a la Agencia. A veces, ni siquiera él mismo sabía cómo se había dejado arrastrar hasta el extremo de aceptar aquel increíble reto.

—Aunque... sí, creo que lo sé —añadió.

Teniendo en cuenta la gravedad de lo que había en juego, sólo informaría a Miguel y, en caso de necesidad extrema o de falta de disponibilidad por su parte, a Él. Lo que el Señor iba a revelarle ahora no debía salir nunca de allí. Abrió el cajón y puso ante ella un manuscrito en el que había dos firmas. El texto detallaba las disposiciones de la singular misión que la esperaba:

> Las dos potencias que rigen el orden mundial no han dejado de enfrentarse desde la noche de los tiempos. Ante la evidencia de que ninguna llega a influir de acuerdo con su voluntad en el destino de la humanidad, cada una de ellas se declara neutralizada por la otra para lograr la realización perfecta de su visión del mundo...

El Señor interrumpió a Zofia en su lectura para comentar:

—Desde el día que la manzana se le quedó atravesada en la garganta, Lucifer se opone a que deje la Tierra en manos del hombre. No ha parado de intentar demostrarme que mi criatura no es digna de ello.

Le indicó que continuara y Zofia retomó la lectura:

> Todos los análisis políticos, económicos y climáticos indican que la Tierra está convirtiéndose en un infierno.

Miguel le explicó a Zofia que el Consejo había rebatido esta conclusión prematura de Lucifer diciendo que la situación actual era el resultado de su rivalidad permanente, la cual suponía un freno para la expresión de la auténtica naturaleza humana.

Era demasiado pronto para pronunciarse; lo único seguro era que el mundo ya no funcionaba muy bien. Zofia prosiguió:

> La noción de humanidad difiere radicalmente según el punto de vista de uno u otro. Tras eternas discusiones, hemos aceptado la idea de que el advenimiento del tercer milenio debería consagrar una era nueva, libre de nuestros antagonismos. De norte a sur, de este a oeste, ha llegado el momento de sustituir nuestra convivencia forzada por un modo operativo más eficaz...

—Esto no podía seguir así —dijo el Señor. Zofia observaba los lentos movimientos de las manos que acompañaban su voz—. El siglo XX ha sido demasiado duro. Además, al ritmo que van las cosas, vamos a acabar por perder del todo el control, tanto Él como Yo. Y eso es intolerable, está en juego nuestra credibilidad. La Tierra no es lo único que existe en el universo; todo el mundo me mira. Los lugares santos están llenos de preguntas, pero la gente encuentra cada vez menos respuestas.

Miguel miraba el techo, incómodo. Tosió, y el Señor invitó a Zofia a seguir.

> Para garantizar la legitimidad de aquél a quien incumba regir la Tierra en el transcurso del próximo milenio, nos hemos lanzado un último reto cuyos términos figuran descritos a continuación:
>
> Enviaremos entre los hombres, durante siete días, al que consideremos nuestro mejor agente. El que resulte más capaz de arrastrar a la humanidad hacia el bien o hacia el mal obtendrá la victoria para su bando, preludio de la fusión de nuestras instituciones. El poder para administrar el nuevo mundo corresponderá al vencedor.

El manuscrito estaba firmado por Dios y por el Diablo.

Zofia levantó lentamente la cabeza. Quería leer de nuevo el texto desde el principio para comprender el origen del documento que tenía en las manos.

—Es una apuesta absurda —dijo el Señor, un tanto confuso—, pero lo hecho, hecho está.

La joven miró el pergamino. El Señor comprendió el estupor que delataban sus ojos.

—Considera este escrito una cláusula de mi testamento. Yo también me hago viejo. Es la primera vez que estoy impaciente, así que arréglatelas para que el tiempo pase deprisa —añadió, mirando por la ventana—. Pero no olvides lo limitado que es... Siempre lo ha sido, ésa fue mi primera concesión.

Miguel le hizo una seña a Zofia: había que levantarse y salir de la habitación. Ella obedeció inmediatamente. Al llegar a la puerta, no pudo evitar volverse.

—Señor...

Miguel contuvo la respiración. Dios volvió la cabeza hacia Zofia y el rostro de ésta se iluminó.

—Gracias —dijo.

Dios le sonrió.

—Siete días para una eternidad... ¡Confío en ti!

La miró salir de la habitación.

Ya en el pasillo, Miguel empezaba a respirar con normalidad cuando oyó que la voz grave lo llamaba. Dejó a Zofia, dio media vuelta y entró de nuevo en el despacho. El Señor frunció el entrecejo.

—El trozo de goma que ha pegado debajo de la mesa es de fresa, ¿verdad?

—No cabe duda de que es de fresa, Señor —respondió Miguel.

—Otra cosa. Cuando haya terminado su misión, te agradeceré que te encargues de hacer que se quite ese dibujito del hombro antes de que a todo el mundo le dé por ponerse uno. Nunca se está a salvo de las modas.

—Por supuesto, Señor.

—Una pregunta: ¿cómo sabías que la elegiría?

—¡Porque hace más de dos mil años que trabajo con usted, Señor!

Miguel cerró la puerta a su espalda. Cuando el Señor estuvo solo, se sentó en un extremo de la larga mesa, miró fijamente la pared que tenía enfrente y carraspeó para anunciar con voz clara y fuerte:

—¡Estamos a punto!

—¡Nosotros también! —contestó en tono burlón la voz de Lucifer.

Zofia esperaba en una salita. Miguel entró y se acercó a la ventana. A sus pies, el cielo estaba despejándose; unas colinas emergían de la capa nubosa.

—Date prisa, no tenemos tiempo que perder, debo prepararte.

Se sentaron alrededor de una mesa redonda, en una esquina. Zofia hizo partícipe a Miguel de su inquietud.

—¿Por dónde tengo que empezar una misión como ésta, padrino?

—Partes con cierta desventaja, querida Zofia. Miremos las cosas de cara: el mal se ha vuelto universal, y casi tan invisible como nosotros. Tú juegas en posición de defensa, mientras que tu adversario es el que ataca. Primero tendrás que identificar las fuerzas que él coaligue contra ti. Localiza el lugar donde va a intentar operar. Quizá sea conveniente que lo dejes actuar primero y después combatas sus proyectos lo mejor que puedas. Hasta que no lo hayas neutralizado, no tendrás oportunidad de poner en práctica un gran plan. Tu única baza es el conocimiento del terreno. Casualmente, han escogido San Francisco como teatro de operaciones.

Lucas, balanceándose en la silla, acababa de leer el mismo documento ante la mirada atenta de su Presidente. A pesar de que los estores estaban bajados, Lucifer no se había quitado las oscuras gafas de sol que ocultaban su mirada. Todos sus allegados sabían que la más tenue claridad le irritaba los ojos, quemados mucho tiempo atrás por una intensa radiación.

Rodeado de los miembros de su gabinete, que se habían sentado alrededor de la mesa de proporciones desmesuradas (se extendía hasta el tabique que separaba la inmensa sala del despacho adyacente), el Presidente comunicó a los miembros del Consejo que se levantaba la sesión. El grupo, encabezado por el director de comunicación, un tal Blaise, se dirigió hacia la única puerta de salida. El Presidente se quedó sentado y le hizo una seña a Lucas indicándole que se acercara. Cuando estuvo a su lado, lo invitó a inclinarse hacia él y le murmuró al oído algo que nadie más oyó. Una vez fuera del despacho, Blaise se reunió con Lucas y lo acompañó hasta los ascensores.

Por el camino, le entregó varios pasaportes, dinero y un manojo de llaves de coche, y agitó delante de sus narices una tarjeta de crédito de color platino.

—¡Cuidado con las notas de gastos! ¡No abuse!

Con un gesto rápido y brusco, Lucas se apoderó del rectángulo de plástico y renunció a estrechar la mano más pegajosa de toda la organización. Blaise, acostumbrado a ello, se frotó las palmas contra el pantalón y escondió torpemente las manos en los bolsillos. Disimular era una de las especialidades del individuo que había alcanzado ese puesto, no por competencia, sino por toda la trapacería y la hipocresía que el deseo de ascender puede producir. Blaise felicitó a Lucas y le dijo que había utilizado toda su influencia para favorecer su candidatura. Lucas no concedió el menor crédito a sus palabras; consideraba a Blaise un incompetente, al que habían confiado la responsabilidad de la comunicación interna exclusivamente por razones de parentesco.

Lucas ni siquiera se tomó la molestia de cruzar los dedos cuando prometió informar regularmente a Blaise de los progresos de su misión. En el seno de la organización para la que trabajaba, engañar era el medio más seguro de que disponían los directores para perpetuar su poder. Llegaban incluso a mentirse entre sí para complacer al Presidente. El responsable de comunicación suplicó a Lucas que le dijera lo que el Presidente le había susurrado al oído. Éste lo miró con desprecio y se despidió.

Zofia le besó la mano a su padrino y le aseguró que no lo decepcionaría.

Le preguntó si podía confiarle un secreto. Miguel asintió con la cabeza. Tras un instante de vacilación, la joven le confesó que el Señor tenía unos ojos increíbles, que nunca había visto nada tan azul.

—A veces cambian de color, pero no puedes decirle a nadie lo que has visto en ellos.

Ella lo prometió y salió al pasillo. Miguel la acompañó hasta el ascensor. Justo antes de que las puertas se cerraran, le susurró en un tono de complicidad:

—Le has parecido encantadora.

Zofia se sonrojó. Miguel fingió no haberse dado cuenta.

—Para ellos, este reto quizá no sea sino un maleficio más, pero para nosotros es una cuestión de supervivencia. Todos confiamos en ti.

Unos instantes después, Zofia cruzó de nuevo el gran vestíbulo. Pedro echó un vistazo a las pantallas de control: había vía libre. La puerta camuflada en la fachada volvió a deslizarse y Zofia salió a la calle.

En el mismo momento, Lucas salía por el otro lado de la torre. Un último rayo atravesó el cielo a lo lejos, por encima de las colinas de Tiburon. Lucas paró un taxi, el vehículo se detuvo ante él y el joven montó.

En la acera de enfrente, Zofia corría hacia su coche; una agente de tráfico estaba poniéndole una multa.

—Buenos días, ¿qué tal está? —le dijo Zofia a la mujer de uniforme.

La policía volvió lentamente la cabeza a fin de asegurarse de que Zofia no estaba burlándose de ella.

—¿Nos conocemos? —preguntó la agente Jones.

—No, no creo.

La agente, dubitativa, mordisqueaba el bolígrafo observando a Zofia. Arrancó la multa del bloc.

—¿Y usted? ¿Está bien? —dijo mientras la colocaba bajo el limpiaparabrisas.

—¿No tendrá por casualidad un chicle de fresa? —le preguntó Zofia, apoderándose del papel.

—No, de menta.

Zofia rechazó cortésmente el paquete que le ofrecía y abrió la portezuela del coche.

—¿No quiere negociar la multa?

—No, no.

—¿Sabe que, desde principios de año, los conductores de vehículos oficiales tienen que pagar las multas de su bolsillo?

—Sí —dijo Zofia—, lo he leído en algún sitio. Después de todo, es bastante normal.

—¿En el colegio se sentaba siempre en la primera fila? —preguntó la agente Jones.

—Francamente, no me acuerdo... Ahora que lo dice, creo que me sentaba cada vez en un sitio.

—¿Está segura de que se encuentra bien?

—Esta noche habrá una puesta de sol espléndida, no se la pierda. Debería ir a verla en familia; desde Presidio Park, el espectáculo será magnífico. La dejo, tengo muchísimo trabajo —dijo Zofia, subiendo al coche.

Cuando el Ford se alejó, la agente notó que un ligero estremecimiento le recorría la espalda. Se guardó el bolígrafo en el bolsillo y sacó el teléfono móvil. Dejó un largo mensaje en el buzón de voz de su marido. Le preguntó si podía empezar el servicio media hora más tarde; ella haría todo lo posible por regresar más temprano. Le proponía dar un paseo por Presidio Park a la caída del sol. Sería excepcional, ¡se lo había dicho una empleada de la CIA! Añadió que lo quería y que, desde que tenían horarios distintos, no había encontrado el momento de decirle lo mucho que lo echaba de menos. Unas horas más tarde, mientras hacía unas compras, ni se dio cuenta de que el paquete de chicles que había metido en el carrito no era de fresa.

Lucas, atrapado en los embotellamientos del barrio financiero, hojeaba una guía turística. Pensara lo que pensara Blaise, la envergadura de su misión justificaba un aumento de sus notas de gastos, de modo que le dijo al conductor que lo dejara en Nob Hill. Una suite en el Fairmont, el famoso hotel de lujo de la ciudad, sería perfecta. El vehículo tomó la calle California a la altura de Grace Cathedral y avanzó bajo la majestuosa marquesina del hotel hasta detenerse delante de la alfombra de terciopelo rojo con ribetes dorados. El mozo de equipajes intentó hacerse con su maletín, pero él le lanzó una mirada que lo mantuvo a distancia. Sin dar las gracias al portero, que había empujado la puerta giratoria para que pasara, se acercó al mostrador de recepción. La recepcionista no encontraba ni rastro de su reserva. Lucas levantó la voz y tachó a la joven de inútil. Inmediatamente apareció el responsable del servicio. Le tendió a Lucas una llave magnética y, en un obsequioso tono «cliente difícil», se deshizo en disculpas, esperando que una habitación de categoría «suite superior» le hiciera olvidar las ligeras molestias causadas por una empleada incompetente. Lucas tomó la tarjeta y pidió que no se le molestara bajo ningún concepto. Hizo ademán de ponerle discretamente un billete en la mano, que imaginaba igual de húmeda que la de Blaise, y se dirigió apresuradamente hacia el ascensor. El responsable de la recepción dio media vuelta con las manos vacías y cara de enfado. El ascensorista preguntó amablemente a su radiante pasajero si había tenido un buen día.

—¿Y a ti qué te importa? —repuso Lucas, saliendo de la cabina.

Zofia aparcó el coche junto a la acera. Subió la escalera de entrada de la casita victoriana situada en Pacific Heights, abrió la puerta y se cruzó con su casera.

—Me alegro de que hayas vuelto de viaje —dijo la señora Sheridan.

—¡Pero si sólo he estado fuera de casa desde esta mañana!

—¿Seguro? Creía que anoche no estabas. Bueno, ya sé que sigo metiéndome en lo que no me importa, pero no me gusta que la casa esté vacía.

—Volví tarde y usted ya estaba durmiendo. Tenía un poco más de trabajo que de costumbre.

—Trabajas demasiado. A tu edad, y con lo guapa que eres, deberías pasar las noches con un amigo.

—Tengo que subir a cambiarme, Reina, pero pasaré a verla antes de marcharme, lo prometo.

La belleza de Reina Sheridan no se había ajado con el tiempo. Tenía una maravillosa voz, dulce y grave, y su mirada luminosa delataba una vida intensa de la que sólo conservaba los buenos recuerdos. Era una de las primeras mujeres que habían recorrido el mundo como reporteras. Las paredes de su salón oval estaban cubiertas de fotos amarillentas, de rostros del pasado que atestiguaban sus numerosos viajes y encuentros. Allí donde sus colegas habían tratado de fotografiar lo excepcional, Reina había captado lo corriente porque tenía lo que para ella era más preciado, la oportunidad del momento.

Cuando las piernas le impidieron viajar, se retiró a su casa de Pacific Heights. Allí había nacido y de allí había salido el 2 de febrero de 1936, el día que cumplió veinte años, para embarcar en un carguero con destino a Europa. Más adelante había regresado y vivido su único amor, durante un excesivamente breve período de felicidad.

Desde entonces, Reina había vivido sola en aquella gran casa, hasta el día que publicó un anuncio por palabras en el *San Francisco Chronicle*. «Soy su nueva compañera de piso», había dicho Zofia, sonriendo, cuando apareció en su puerta la misma mañana que salió el anuncio. Aquella actitud decidida había seducido a Reina, de modo que su inquilina se había mudado esa misma noche y, con el transcurso de las semanas, había cambiado la vida de una mujer que actualmente reconocía alegrarse de haber renunciado a su soledad. A Zofia le encantaba terminar la velada en compañía de su casera. Cuando no llegaba demasiado tarde, distinguía a través del cristal de la puerta de entrada el rayo de luz que atravesaba el recibidor; así era como la señora Sheridan formulaba siempre su invitación. Con la excusa de asegurarse de que todo iba bien, Zofia asomaba la cabeza por la puerta. Sobre la alfombra había un gran álbum de fotos abierto, y en un cuenco finamente cincelado traído de África, unos trozos de bizcocho. Reina esperaba sentada en su sillón, frente al olivo plantado en el patio. Entonces, Zofia entraba, se tumbaba en el suelo y empezaba a pasar las páginas de uno de los álbumes de viejas tapas de piel que abarrotaban las estanterías del salón. Sin apartar jamás la mirada del olivo, Reina comentaba una por una las ilustraciones.

Zofia subió al primer piso, hizo girar la llave de sus habitaciones, empujó la puerta con un pie y dejó el llavero sobre la consola. Se quitó la chaqueta en la entrada, la camisa en el saloncito y los pantalones mientras cruzaba el dormitorio. Entró en el cuarto de baño y abrió al máximo los grifos de la ducha; las tuberías comenzaron a hacer ruido y no pararon hasta que Zofia dio un golpe seco en la llave. El agua se deslizó por sus cabellos. Por la pequeña claraboya a través de la cual se veían los tejados que descendían hasta el puerto, entraba el sonido de las campanas de Grace Cathedral, que anunciaban las siete de la tarde.

—¡Las siete ya! —exclamó.

Salió del cuarto de baño, que olía agradablemente a eucalipto, y volvió al dormitorio. Abrió el ropero y se quedó dudando entre un jersey ajustado sin mangas y una camisa demasiado grande para ella, unos pantalones de algodón y sus viejos tejanos. Al final, optó por los tejanos y la camisa y se subió las mangas. Se colgó el busca del cinturón y se dirigió a la entrada mientras se calzaba unas zapatillas de deporte dando saltitos para no tener que agacharse. Tomó las llaves, decidió dejar las ventanas abiertas y bajó la escalera.

—Esta noche volveré tarde. Nos veremos mañana. Si necesita cualquier cosa, llámeme al busca, ¿vale?

La señora Sheridan mascullo una letanía que Zofia sabía interpretar perfectamente. Algo así como: «Trabajas demasiado, hija. Sólo se vive una vez.»

Y era verdad. Zofia trabajaba continuamente en la causa de los demás, sin descansar, sin hacer siquiera una pequeña pausa para comer o beber, pues los ángeles no necesitan alimentarse jamás. Por muy generosa e intuitiva que fuera, Reina no podía imaginar absolutamente nada de lo que a la propia Zofia le costaba llamar «su vida».

Todavía se oía el séptimo toque de las pesadas campanas. Grace Cathedral, en la cima de Nob Hill, quedaba enfrente de las ventanas de la suite de Lucas. Éste chupó con deleite un hueso de pollo, masticó el crujiente cartílago y se levantó para limpiarse las manos en las cortinas. Se puso la chaqueta, se miró en el gran espejo que destacaba sobre la chimenea y salió de la habitación. Bajó el majestuoso tramo de escalera que conducía al vestíbulo y le dirigió una sonrisa burlona a la recepcionista, que agachó la cabeza en cuanto lo vio. Bajo la marquesina, un botones paró inmediatamente un taxi y Lucas se subió sin darle propina. Le apetecía un bonito coche nuevo y el único lugar de la ciudad donde encontrarlo un domingo era el puerto mercante, pues quedaban muchos modelos aparcados después de que los hubieran desembarcado de los cargueros. Le dijo al taxista que lo llevara al muelle 80... Allí podría robar uno que satisficiera sus gustos.

—¡Deprisa, se me hace tarde! —le dijo al taxista.

El Chrysler enfiló la calle California hacia la parte baja de la ciudad. Le bastaron apenas siete minutos para atravesar el barrio de los negocios. En todos los cruces, el taxista intentaba usar el bloc de notas y renunciaba a hacerlo refunfuñando; todos los semáforos se ponían en verde y le impedían anotar el destino de la carrera, tal como la ley le obligaba a hacer. «Cualquiera diría que lo hacen a propósito», masculló en el sexto cruce. Por el retrovisor, vio la sonrisa de Lucas al tiempo que el séptimo semáforo le daba paso libre.

Cuando llegaron a la entrada de la zona portuaria, un denso vapor salió por la rejilla del radiador y, tras unos estertores, se paró.

—¡Sólo me faltaba esto! —exclamó el taxista.

—No le pago la carrera —dijo Lucas en un tono cortante—. No hemos llegado a destino.

Salió y dejó la portezuela abierta. Antes de que el taxista pudiera reaccionar, un géiser de agua oxidada que escapaba del radiador levantó el capó del coche.

—¡La junta de la culata, tío! ¡Ya puedes despedirte del motor! —gritó Lucas mientras se alejaba.

Al llegar a la garita, le enseñó al guardia una placa de identificación y la barrera de rayas rojas y blancas se levantó. Caminó con decisión hasta el aparcamiento. Allí vio un Chevrolet Camaro descapotable que le pareció sublime y cuya cerradura forzó sin dificultad. Se sentó al volante, escogió una de las llaves del llavero que llevaba colgado del cinturón y unos segundos después arrancó. Avanzó con el coche por la calle central sin sortear ninguno de los charcos que se habían formado en los baches; de este modo, consiguió salpicar todos los contenedores que había a ambos lados y hacer que las matrículas resultaran ilegibles.

Al final de la calle, puso el freno de mano de golpe; el coche patinó de lado hasta detenerse a unos centímetros de la cristalera del Fisher's Deli, el bar del puerto. Lucas se apeó, subió los tres escalones de madera de la entrada silbando y empujó la puerta.

La sala estaba casi vacía. Normalmente, los obreros iban a tomar un trago después de una larga jornada de trabajo, pero aquel día trataban de recuperar las horas perdidas a causa del mal tiempo. Esa noche acabarían muy tarde, aunque debían resignarse a dejar las máquinas a los equipos de noche, que no tardarían en llegar.

Lucas se sentó a una mesa y miró a Mathilde, que estaba secando vasos detrás de la barra. La joven, azorada por su extraña sonrisa, acudió enseguida a tomarle nota. Lucas no tenía sed.

—¿Algo de comer? —preguntó la camarera.

Sólo si ella lo acompañaba. Mathilde declinó amablemente el ofrecimiento; tenía prohibido sentarse en la sala durante el horario de trabajo. Lucas disponía de todo el tiempo del mundo, no tenía hambre y se proponía invitarla a otro lugar, pues ése le parecía terriblemente vulgar.

Mathilde se sentía incómoda, ya que el encanto de Lucas distaba mucho de dejarla indiferente. En aquella parte de la ciudad, la elegancia abundaba tan poco como en su vida. Desvió la mirada mientras él la observaba con sus ojos diáfanos.

—Es usted muy amable —murmuró. En ese momento oyó dos breves toques de claxon—. No puedo, precisamente esta noche he quedado para cenar con una amiga. Es ella la que acaba de tocar el claxon para avisarme. Tal vez en otra ocasión.

Zofia entró jadeando y se acercó a la barra, donde Mathilde, recuperado el aplomo, ocupaba de nuevo su puesto.

—Perdona, llego tarde, pero es que he tenido un día de locos —dijo Zofia, sentándose en un taburete.

Una decena de hombres pertenecientes a los equipos de noche entraron en el establecimiento, lo que contrarió mucho a Lucas. Uno de los cargadores se detuvo a la altura de Zofia y le dijo que la encontraba encantadora sin uniforme. Ella le agradeció el cumplido y se volvió hacia Mathilde levantando los ojos al cielo. La atractiva camarera se inclinó hacia su amiga para pedirle que mirara discretamente al cliente de la chaqueta negra que estaba sentado al fondo de la sala.

—Visto. ¡Olvídalo!

—¡Ya estamos! —murmuró Mathilde.

—Mathilde, tu última aventura estuvo a punto de costarte la vida, de manera que si esta vez puedo evitar que te metas en algo peor...

—No sé por qué dices eso.

—Porque lo que he visto es peor.

—¿Y se puede saber qué has visto?

—Una mirada deliberadamente turbulenta.

—¡Oye, oye, no dispares tan rápido! ¡Ni siquiera te había oído cargar el revólver!

—Tardaste seis meses en desintoxicarte de todas las mierdas que tu barman de O'Farrell tenía la generosidad de compartir contigo.* ¿Quieres desaprovechar tu segunda oportunidad? Tienes un trabajo, un sitio donde vivir, y estás «limpia» desde hace diecisiete semanas. ¿Es que quieres recaer ahora?

—Mi sangre no está limpia.

—Ten un poco de paciencia y tómate la medicación.

—Ese tipo parece de lo más simpático.

—¡Sí, como un cocodrilo delante de un solomillo!

—¿Lo conoces?

—No lo había visto en mi vida.

—Entonces, ¿por qué haces ese juicio tan apresurado?

—Confía en mí, tengo un sexto sentido para estas cosas.

Zofia se sobresaltó al oír la voz grave de Lucas y notar su aliento en la nuca.

—Ya que había quedado en pasar la velada con su deliciosa amiga, sea generosa y acepte una invitación común

* Calle de San Francisco llena de bares frecuentados por gente de mala vida.

a una de las mejores mesas de la ciudad. En mi descapotable cabemos perfectamente los tres.

—Tiene usted mucha intuición: no hay nadie más generoso que Zofia —dijo Mathilde, confiando en que su amiga se adaptara a la situación.

Zofia se volvió con la intención de darle las gracias y despedirlo, pero quedó inmediatamente atrapada por los ojos que la miraban. Los dos se miraron largamente, incapaces de decir nada. Lucas intentó hablar, pero de su garganta no salió ningún sonido. Escrutaba en silencio las facciones de aquel rostro femenino tan turbador como desconocido. Ella, que se había quedado sin una gota de saliva en la boca, acercó una mano a la barra y buscó a tientas algo de beber. Un cruce de gestos torpes hizo volcar el vaso, que rodó por la barra de cinc, cayó al suelo y se hizo añicos. Zofia se agachó para recoger con precaución tres trozos de cristal; Lucas se inclinó con intención de ayudarla y recogió cuatro más. Cuando se incorporaron, siguieron mirándose.

Mathilde los había observado a ambos y dijo, irritada:

—¡Voy a barrer!

—Quítate el delantal y vámonos. Es tardísimo —contestó Zofia apartando la mirada.

Saludó a Lucas con un gesto de cabeza y arrastró sin contemplaciones a su amiga hasta la calle. Al llegar al aparcamiento, apretó el paso. Después de haberle abierto la puerta a Mathilde, subió al coche, arrancó y salió como una exhalación.

—Pero ¿qué te pasa? —preguntó Mathilde, desconcertada.

—¿A mí? Nada de nada.

Mathilde hizo girar el retrovisor central.

—Mírate la cara y repítemelo.

El coche circulaba deprisa por el puerto. Zofia abrió la ventanilla y un aire helado invadió el interior del vehículo. Mathilde se estremeció.

—Ese hombre es terriblemente grave —murmuró Zofia.

—A ver, los conozco altos, bajos, guapos, feos, delgados, gordos, peludos, imberbes, calvos..., pero graves..., la verdad, me has dejado de una pieza.

—Entonces, confía en mí. Ni yo misma sé cómo calificarlo. Es un hombre triste, y parece tan atormentado... Nunca había...

—Pues con lo que te gustan las almas en pena, es el candidato perfecto para ti. ¡Seguro que acabas con una pequeña herida en el ventrículo izquierdo!

—¡No seas cáustica!

—Desde luego, esto es el mundo al revés. Te pido una opinión imparcial sobre un hombre que me parece que está para comérselo, tú ni siquiera lo miras pero lo pones de vuelta y media, y cuando por fin te dignas volver la cabeza, clavas los ojos en los suyos como una ventosa que quisiera desembozar el lavabo de mi cuarto de baño. Y después de todo eso, resulta que no tengo derecho a ser cáustica.

—¿Tú no has notado nada, Mathilde?

—Sí, ya que insistes, que olía a perfume Habit Rouge, y como sólo lo venden en Macy's,* yo creía que eso era más bien una buena señal.

—¿No te has dado cuenta del aspecto tan sombrío que tenía?

Mathilde se ajustó la parka en torno al cuello y respondió:

—Bueno, vale, llevaba una chaqueta un poco oscura, ¡pero de corte italiano y de cachemir de seis hilos!

—No me refiero a eso.

—¿Quieres que te diga una cosa? Estoy segura de que no es de los que se ponen calzoncillos corrientes y molientes.

Mathilde sacó un cigarrillo y lo encendió. Bajó su ven-

* Cadena de grandes almacenes de lujo.

tanilla y expulsó una larga columna de humo que salió por la abertura.

—¡Puestos a morir de una neumonía! —exclamó—. En fin, perdona que insista, pero hay calzoncillos y calzoncillos.

—¡No has escuchado ni una sola palabra de lo que he dicho! —repuso Zofia, preocupada.

—¿Te imaginas qué corte para la hija de Calvin Klein ver el nombre de su padre escrito en letras grandes cuando un hombre se desnuda delante de ella?

—¿Lo habías visto antes? —preguntó Zofia, imperturbable.

—Quizás en el bar de Mario, pero no puedo asegurártelo. En aquella época, las noches que veía claro eran bastante escasas.

—Pero eso se ha acabado, lo has dejado atrás —dijo Zofia.

—¿Tú crees en la sensación de *déjà-vu*?

—Es posible. ¿Por qué?

—Hace un momento, en el bar, cuando se le ha escapado el vaso de las manos..., he tenido la sensación de que caía a cámara lenta.

—Tienes el estómago vacío. Voy a llevarte a cenar a un restaurante asiático —repuso Zofia.

—¿Puedo hacerte otra pregunta?

—Claro.

—¿No tienes nunca frío?

—¿Por qué lo dices?

—Porque tengo la sensación de que soy un esquimal. ¡Por lo que más quieras, sube esa ventanilla!

El Ford circulaba en dirección a la antigua chocolatería de la calle Ghirardelli. Tras unos minutos de silencio, Mathilde conectó la radio y contempló la ciudad. En el cruce de la avenida Colombus y la calle Bay el puerto desapareció de su vista.

—¿Tendría la amabilidad de retirar la mano para que pueda limpiar la barra?

El dueño del Fisher's Deli había sacado a Lucas de su ensimismamiento.

—Perdón...

—Hay cristales debajo de su mano. Se va a cortar.

—No se preocupe por mí. ¿Quién era?

—Una chica atractiva, cosa que no abunda por aquí.

—Sí, por eso me gusta tanto el barrio —repuso Lucas con la misma sequedad—. No ha contestado a mi pregunta.

—¿La que le interesa es mi empleada? Lo siento, pero no doy información sobre el personal. Tendrá que volver y preguntárselo usted mismo; mañana a las diez estará otra vez aquí.

Lucas dio un puñetazo sobre la barra de cinc. Los fragmentos de cristal saltaron por los aires y el propietario del establecimiento dio un paso atrás.

—¡Su camarera me importa un comino! ¿Conoce a la chica que se ha ido con ella? —dijo Lucas.

—Es amiga suya y trabaja en la seguridad del puerto. Es lo único que le puedo decir.

Lucas le arrebató al hombre el paño que llevaba colgando de la cintura del pantalón y se frotó con él la palma de la mano, que no presentaba ni un solo rasguño. Luego lo arrojó al cubo de la basura que estaba detrás de la barra.

El patrón del Fisher's Deli frunció el entrecejo.

—No te preocupes, tío —dijo Lucas, mirando su mano intacta—. Es lo mismo que andar sobre ascuas, tiene truco. Todo tiene un truco.

A continuación se dirigió hacia la salida. Una vez fuera, se quitó una esquirla que se le había quedado entre el índice y el pulgar.

Se encaminó hacia el descapotable, se inclinó por encima de la portezuela y quitó el freno de mano. El coche que había robado se deslizó lentamente hacia el borde del muelle y cayó al mar. En cuanto la rejilla del radiador se sumergió en el agua, una sonrisa casi tan intensa como la de un niño iluminó el rostro de Lucas.

Para él, el momento en que el agua entraba por la ventanilla (que él siempre tenía la precaución de dejar entreabierta) e inundaba el vehículo era un momento de puro goce. Pero lo que más le gustaba eran las burbujas que salían del tubo de escape justo antes de que cesara la combustión; estallaban en la superficie con un *blup-blup* irresistible.

Cuando la muchedumbre se congregó para ver cómo desaparecían los faros traseros del Camaro en las turbias aguas del puerto, Lucas ya caminaba lejos de allí con las manos en los bolsillos.

—Creo que acabo de encontrar una perla única —murmuró mientras se alejaba—. Sería endiabladamente raro que no ganara.

Zofia y Mathilde estaban cenando frente a la bahía, ante el inmenso ventanal que daba a la calle Beach. «Nuestra mejor mesa», había precisado el *maître* euroasiático, con una sonrisa que dejaba al descubierto absolutamente toda su prominente dentadura. La vista era magnífica. A la izquierda, el Golden Gate, orgulloso de sus ocres, rivalizaba en belleza con el Bay, el puente plateado construido un año antes. Delante de ellas, los mástiles de los veleros se balanceaban suavemente en el puerto deportivo, protegidos de la violencia del oleaje. Caminos de grava dividían las extensiones de césped, que llegaban hasta el borde del mar. Los paseantes nocturnos los recorrían disfrutando de la agradable temperatura de principios de otoño.

El camarero depositó sobre la mesa dos cócteles de la casa y un plato de pan de gambas.

—Regalo de la casa —dijo, mientras les daba sendas cartas.

Mathilde le preguntó a Zofia si era cliente habitual. Le parecía demasiado caro para una modesta empleada pública. Zofia respondió que el dueño las invitaba.

—¿Le has perdonado alguna multa?

—Le hice un favor hace unos meses. En realidad, fue una insignificancia —repuso Zofia, un tanto confusa.

—Tus insignificancias me resultan un poco sospechosas. ¿Qué clase de favor le hiciste?

Zofia había visto al propietario del establecimiento una noche en los muelles de carga. Caminaba por allí en espera de que le autorizaran a retirar de la aduana un envío de vajilla procedente de China.

La tristeza de su mirada había atraído la atención de Zofia, que había temido lo peor al verlo inclinarse al borde del agua salobre y quedarse mirándola fijamente un buen rato. Entonces se había acercado a él y entablado conversación; el hombre había acabado contándole que su mujer quería abandonarlo después de cuarenta y tres años de matrimonio.

—¿Qué edad tiene su mujer? —preguntó Mathilde, intrigada.

—Setenta y dos años.

—¿Y hay gente que a los setenta y dos años piensa en divorciarse? —preguntó Mathilde, reprimiendo con mucho esfuerzo la risa.

—Si tu marido lleva cuarenta y tres años roncando, es una idea en la que puedes pensar muy a menudo. Yo diría que incluso todas las noches.

—¿Y uniste de nuevo a la pareja?

—Lo convencí de que se operara prometiéndole que no le harían ningún daño. ¡Los hombres soportan tan mal el dolor físico!

—¿Crees que se habría tirado de verdad?

—¡Ya había tirado la alianza!

Mathilde levantó la mirada y se quedó fascinada por el techo del restaurante, totalmente decorado con vidrieras de Tiffany's que daban a la sala cierto aire de catedral. Zofia, que compartía su opinión, le sirvió un poco más de pollo.

Su amiga, intrigada, se pasó una mano por el pelo.

—¿Es verdad esa historia de los ronquidos?

Zofia la miró y no pudo contener la risa.

—¡No!

—¡Ah! Entonces, ¿qué celebramos? —preguntó Mathilde levantando la copa.

Zofia le habló vagamente de un ascenso que le habían comunicado esa misma mañana. No, no cambiaría de destino y tampoco le subirían el sueldo, pero no había que reducirlo todo a consideraciones materiales. Si Mathilde tenía la amabilidad de dejar de reírse, quizá pudiera explicarle que algunas tareas aportan mucho más que dinero o autoridad: una forma sutil de realización personal. El poder que uno adquiría sobre sí mismo en beneficio —y no en detrimento— de los demás podía resultar muy gratificante.

—¡Así sea! —dijo Mathilde, riendo.

—Desde luego, tía, está claro que contigo todavía me queda mucho por pasar —repuso Zofia, contrariada.

Mathilde sostenía la botella de sake para llenar los dos vasos cuando, en cuestión de segundos, el semblante de Zofia se transformó. Ésta asió a su amiga de la muñeca y prácticamente la levantó de la silla.

—¡Sal de aquí! ¡Corre, ve hacia la salida! —gritó.

Mathilde se quedó paralizada. Los clientes de la mesa contigua, igual de sorprendidos, miraron a Zofia, que vociferaba girando sobre sí misma, como al acecho de una amenaza invisible.

—¡Salgan todos, salgan lo más deprisa que puedan y aléjense de aquí, rápido!

Todos la miraban, dudosos, preguntándose qué demonios estaba sucediendo. El gerente del local se acercó a Zofia con las manos juntas, en un gesto de súplica, para que la joven a la que consideraba una amiga dejara de perturbar el orden de su establecimiento. Zofia lo agarró enérgicamente por los hombros y le suplicó que hiciera evacuar la sala de inmediato. Le pidió que confiara en ella, que era cuestión de segundos. Liu Tran no era ningún sabio, pero su instinto nunca le había fallado. Dio dos palmadas secas y pronunció unas palabras en cantonés que bastaron para animar un ballet de camareros decididos. Los hombres con chaqueta blanca tiraron hacia atrás de las sillas de los comensales y guiaron con presteza a éstos hacia las tres salidas del establecimiento.

Liu Tran permaneció en medio de la sala. Zofia lo arrastró del brazo hacia una de las salidas, pero él se resistió al ver a Mathilde, petrificada a unos metros de ellos. La joven no se había movido.

—Yo saldré el último —le dijo Liu, en el mismo momento que un ayudante de cocina aparecía en el comedor corriendo y gritando.

Inmediatamente se produjo una explosión de una violencia inusitada. La onda expansiva hizo caer la monumental araña, que se estrelló contra el suelo. El mobiliario parecía ser aspirado a través del gran ventanal, cuyos cristales pulverizados se diseminaban por la calzada. Miles de esquirlas rojas, verdes y azules llovían sobre los escombros. El humo gris y acre que inundaba el comedor se elevó en espesas columnas por la fachada. Al rugido que acompañó al cataclismo, sucedió un silencio asfixiante. Abajo, Lucas, después de aparcar, subió la ventanilla del coche que había robado una hora antes. Le horrorizaba el polvo y todavía más que las cosas no sucedieran como él había previsto.

Zofia apartó el aparador macizo que le había caído encima. Se frotó las rodillas y pasó por encima de un trinchero volcado. Observó el desorden que había a su alrededor. Bajo el armazón de la gran lámpara, desprovista de todos sus adornos, yacía el restaurador respirando con dificultad, entrecortadamente. Zofia se precipitó hacia él. El hombre gemía, destrozado por el dolor. La sangre afluía a sus pulmones y, cada vez que inspiraba, le comprimía un poco más el corazón. A lo lejos, las sirenas de los bomberos se propagaban por las calles de la ciudad.

Zofia le suplicó a Liu que resistiera.

—No tiene usted precio —dijo el anciano chino sonriendo.

Ella le tomó la mano. Liu estrechó la suya y se la acercó al pecho, que silbaba como un neumático pinchado. Pese a su estado, sus ojos eran capaces de leer la verdad. Hizo acopio de sus últimas fuerzas para murmurar que, gracias a Zofia, no sentía ninguna inquietud. Sabía que, sumido en el sueño eterno, no roncaría. Rió, lo que le provocó un acceso de tos.

—¡Qué suerte para mis futuros vecinos! ¡Le deben mucho!

Un flujo de sangre brotó de su boca y le resbaló por la mejilla para ir a fundirse con el rojo de la alfombra. La sonrisa se le congeló.

—Creo que debería ocuparse de su amiga, no la he visto salir.

Zofia miró a su alrededor, pero no vio ni rastro de Mathilde ni de ningún otro cuerpo.

—Junto a la puerta, bajo la vitrina —dijo Liu, tosiendo de nuevo.

Zofia se incorporó. Liu la retuvo asiéndola de la muñeca y clavó los ojos en los suyos.

—¿Cómo lo ha sabido?

Zofia contempló al hombre; los últimos rayos de vida escapaban de sus iris dorados.

—Lo comprenderá dentro de unos instantes.

Una inmensa sonrisa iluminó el rostro de Liu y todo su ser se apaciguó.

—Gracias por esta muestra de confianza.

Ésas fueron las últimas palabras del señor Tran. Sus

pupilas se contrajeron hasta hacerse tan pequeñas como la punta de una aguja, parpadeó y su rostro se abandonó sobre la palma de la mano de su última clienta. Zofia le acarició la frente.

—Perdóneme por no acompañarlo —dijo, apoyando suavemente en el suelo la cabeza inerte del restaurador.

Se levantó, apartó una pequeña cómoda que estaba patas arriba y se dirigió hacia el gran mueble volcado. Empujó con todas sus fuerzas para levantarlo y descubrió a Mathilde, inconsciente, con un gran trinchante de patos clavado en la pierna izquierda.

El haz de la linterna del bombero barrió el suelo; se oía el crujido de sus pasos al pisar los cascotes. Se acercó a las dos mujeres e inmediatamente sacó el emisor-receptor de la funda que llevaba colgada al hombro para comunicar que había encontrado dos víctimas.

—¡Sólo una! —lo corrigió Zofia.

—Mejor —dijo un hombre que vestía americana negra y escrutaba desde lejos los escombros.

El jefe de bomberos se encogió de hombros.

—Debe de ser un agente federal. Ahora llegan prácticamente antes que nosotros cuando se produce una explosión —refunfuñó, colocando una mascarilla de oxígeno sobre el rostro de Mathilde—. Tiene una pierna fracturada —añadió, dirigiéndose a un miembro de su equipo que se había reunido con ellos—. Está inconsciente. Avisa a los servicios paramédicos para que la evacuen enseguida. —Luego señaló el cuerpo de Tran—. ¿Y ése de allí cómo está?

—¡Demasiado tarde! —respondió el hombre trajeado desde el otro extremo de la sala.

Zofia tenía a Mathilde entre los brazos y trataba de ahogar la tristeza que le ataba un nudo en la garganta.

—Toda la culpa es mía. No tendría que haberla traído aquí. —Miró el cielo por la ventana hecha añicos; el labio inferior le temblaba—. ¡Otra vez no! Podía conseguirlo, iba por buen camino. Habíamos acordado dejar pasar unos meses antes de tomar una decisión. ¡La palabra hay que cumplirla!

Los dos camilleros que se habían acercado a ella le preguntaron, desconcertados, si se encontraba bien. Zofia los tranquilizó con un simple gesto de la cabeza. Le ofrecieron oxígeno, pero lo rechazó. Entonces le rogaron que se apartara; ella retrocedió unos pasos y los dos hombres colocaron a Mathilde en una camilla y se dirigieron de inmediato a la salida. Zofia avanzó hasta lo que quedaba del ventanal sin apartar los ojos del cuerpo de su amiga, que desapareció en la ambulancia. Los torbellinos de girofaros rojos y naranjas de la unidad 02 se fundieron con el sonido de la sirena que se alejaba hacia el hospital Memorial de San Francisco.

—No se sienta culpable. Estar en el peor lugar, en el peor momento, es algo que puede sucederle a cualquiera. ¡Es el destino!

Zofia se sobresaltó. Había reconocido la voz grave de la persona que intentaba consolarla de un modo tan torpe. Lucas se acercaba a ella frunciendo el entrecejo.

—¿Qué hace usted aquí? —preguntó la joven.

—Creía que el jefe de bomberos ya se lo había dicho —contestó él, quitándose la corbata.

—... Y como todo parece indicar que se trata de una explosión de gas normal y corriente en la cocina o, en el peor de los casos, de un delito, el amable agente federal podrá irse a su casa y dejar trabajar a los policías. ¡Los terroristas no tienen ningún motivo para cazar patos a la naranja!

La voz tan cascada como hosca del inspector de policía había interrumpido su conversación.

—¿Con quién tenemos el honor de hablar? —preguntó Lucas en un tono irónico que delataba su irritación.

—Con el inspector Pilguez de la policía de San Francisco —le respondió Zofia.

—¡Me alegro de que esta vez me haya reconocido! —dijo Pilguez, haciendo caso omiso de la presencia de Lucas—. Si tenemos oportunidad, me encantaría que me explicara el numerito de esta mañana.

—No quería que tuviéramos que decir en qué circunstancias nos conocimos —contestó Zofia—. Ya sabe, para proteger a Mathilde. Los chismes se difunden más deprisa que la bruma en los muelles.

—Confié en usted dejándola salir antes de lo previsto, así que le agradecería que hiciera lo mismo conmigo. En la policía, el tacto no está forzosamente prohibido. Dicho esto, en vista del estado de la chica, tal vez habríamos hecho mejor dejando que cumpliera su pena.

—¡Bonita definición del tacto, inspector! —dijo Lucas, despidiéndose de los dos. Atravesó la abertura donde yacían los restos de la monumental doble puerta cuyo traslado desde Asia había costado una fortuna y, ya desde la calle, le dijo a Zofia antes de montar en su vehículo—: Lo siento por su amiga.

El Chevrolet negro desapareció unos segundos más tarde en el cruce con la calle Beach.

Zofia no podía aclararle nada al inspector. Tan sólo un terrible presentimiento la había empujado a insistir para que todos salieran del local. Pilguez le comentó que sus explicaciones resultaban un tanto superficiales, teniendo en cuenta el número de vidas que acababa de salvar. Zofia no tenía nada más que añadir. Quizás había percibido inconscientemente el olor de gas que escapaba por el falso techo de la cocina. Pilguez protestó: en los últimos años, los casos enrevesados en los que había influido de una u otra manera el inconsciente tenían una desagradable tendencia a perseguirlo.

—Avíseme cuando haya acabado la investigación. Necesito saber qué ha pasado.

El inspector la autorizó a marcharse. Zofia fue a buscar su coche. El parabrisas estaba rajado y la carrocería marrón recubierta de un polvo gris absolutamente uniforme. De camino hacia urgencias, se cruzó con varios coches de bomberos que continuaban acudiendo al lugar del siniestro. Estacionó el Ford, atravesó el aparcamiento y entró en el edificio. Una enfermera acudió a su encuentro y la informó de que estaban atendiendo a Mathilde. Zofia le dio las gracias y se sentó en uno de los bancos vacíos de la sala de espera.

Lucas tocó dos veces el claxon con impaciencia. El guardia, sentado dentro de la garita, pulsó un botón sin apartar la mirada de la pequeña pantalla; los Yankees iban ganando por bastante diferencia. La barrera se levantó y el Chevrolet avanzó con las luces apagadas hasta el borde del muelle. Lucas bajó la ventanilla y tiró el cigarrillo. Puso la palanca del cambio de marchas en punto muerto y salió del vehículo con el motor encendido. Apoyando un pie en el parachoques trasero, dio justo el impulso necesario para que el coche se deslizara hacia delante y cayera al agua. Contempló la escena con las manos en jarras, encantado. Cuando la última burbuja de aire hubo estallado, dio media vuelta y caminó alegremente en dirección al aparcamiento. Un Honda verde oliva parecía esperarlo precisamente a él. Forzó la cerradura, levantó el capó, arrancó la alarma y la arrojó lejos. Se instaló y contempló, con escaso entusiasmo, el interior de plástico. Sacó el manojo de llaves y escogió la que le pareció más adecuada. El motor arrancó de inmediato con un sonido agudo.

—Un japonés verde, ¡lo que hay que ver! —masculló mientras quitaba el freno de mano.

Lucas miró el reloj; al ver que iba con retraso, aceleró. Sentado en una plataforma de amarre, un vagabundo llamado Jules se encogió de hombros mientras miraba alejarse el coche. Un último *blup* murió en la superficie.

—¿Saldrá de ésta?

Era la tercera vez que la voz de Lucas la sobresaltaba esa noche.

—Espero que sí —respondió ella, mirándolo de arriba abajo—. ¿Quién es usted exactamente?

—Lucas. Lo siento y me alegro a la vez —dijo, tendiéndole la mano.

Era la primera vez que Zofia notaba el peso del cansancio. Se levantó y se acercó a la máquina de café.

—¿Quiere uno?

—No tomo café —contestó Lucas.

—Yo tampoco —dijo ella, contemplando la moneda de veinte céntimos mientras la hacía girar en el hueco de la mano—. ¿Qué hace aquí?

—Lo mismo que usted. He venido a ver cómo está su amiga.

—¿Por qué? —preguntó Zofia, guardándose la moneda en el bolsillo.

—Porque tengo que redactar un informe y, de momento, en la casilla «víctimas» he puesto la cifra 1. Así que vengo a verificar si debo corregir la información o no es necesario. Me gusta hacer los informes el mismo día; me horroriza el retraso.

—¡Sabía que no andaba desencaminada!

—Debería haber aceptado mi invitación a cenar. Si lo hubiese hecho, ahora no estaríamos aquí.

—Ya entiendo por qué ha dicho antes lo del tacto. ¡Es usted un experto en la materia!

—Tardará en salir del quirófano. Un trinchante de patos causa muchos destrozos cuando se clava en un muslo humano. Van a necesitar horas para coser todo eso. ¿Me permite que la lleve a la cafetería de enfrente?

—No, no se lo permito.

—Como quiera. Esperaremos aquí. Es más desagradable, pero si lo prefiere... ¡En fin, qué le vamos a hacer!

Estaban sentados uno de espaldas al otro desde hacía

más de una hora cuando el cirujano apareció por fin al final del pasillo. No hizo chascar los guantes de látex (los cirujanos tenían desde siempre la costumbre de quitárselos al salir del quirófano y echarlos a los cubos dispuestos a tal efecto). Mathilde estaba fuera de peligro: la arteria no se había visto afectada, el escáner no mostraba ninguna señal de traumatismo craneal y la columna vertebral estaba intacta.

Mathilde tenía dos fracturas no desplazadas —una en una pierna y la otra en un brazo— y le habían dado unos puntos de sutura. Estaban escayolándola. No podía descartarse que hubiera alguna complicación, pero el médico era optimista. No obstante, deseaba que permaneciera en reposo absoluto durante las siguientes horas. Le pidió a Zofia que avisara a sus allegados de que no se le permitiría recibir ninguna visita hasta la mañana siguiente.

—Eso está hecho —dijo ella—. Soy la única.

Le dio a la responsable de la planta el número de su busca. Al salir, pasó por delante de Lucas y, sin dirigirle una mirada, lo informó de que no tendría que hacer un tachón en su informe. Luego desapareció. Lucas la alcanzó en el aparcamiento desierto mientras ella buscaba las llaves.

—Si pudiera dejar de sobresaltarme, le estaría muy agradecida —dijo Zofia.

—Creo que hemos empezado con mal pie —dijo Lucas en voz baja.

—¿Empezado qué? —replicó Zofia.

Lucas dudó antes de responder:

—Digamos que a veces soy un poco directo en mi lenguaje, pero me alegro sinceramente de que su amiga haya salido de ésta.

—Bueno, por lo menos hemos compartido algo hoy. ¡No hay nada imposible! Y ahora, si tiene la bondad de dejarme abrir la puerta...

—¿Y si fuéramos a compartir también un café? Por favor...

Zofia permaneció en silencio.

—¡Lo borro! —prosiguió Lucas—. Usted no toma y yo tampoco. ¿Qué le parece un zumo de naranja? Justo aquí enfrente los hacen buenísimos.

—¿Por qué tiene tantas ganas de beber algo conmigo?

—Porque acabo de llegar a la ciudad y no conozco a nadie. He pasado tres años muy solo en Nueva York, lo que no tiene nada de original. La Gran Manzana me ha vuelto poco elocuente,* pero estoy decidido a cambiar.

Zofia inclinó la cabeza y escrutó a Lucas.

—Está bien, volveré a empezar —dijo éste—. Olvide Nueva York, mi soledad y todo lo demás. No sé por qué tengo tantas ganas de tomar algo con usted. En realidad, me da igual tomar algo o no tomarlo; de lo que tengo ganas es de conocerla. Ya está, le he dicho la verdad. Sería una buena acción por su parte decir ahora que sí.

Zofia miró el reloj y dudó unos segundos. Luego sonrió y aceptó la invitación. Cruzaron la calle y entraron en el Krispy Kreme. El pequeño local olía a pastas recién hechas; una bandeja de buñuelos acababa de salir del horno. Se sentaron junto a la cristalera. Zofia no comió nada, pero miró perpleja a Lucas, que engulló siete buñuelos con azúcar glaseado en menos de diez minutos.

—Por lo que veo, de todos los pecados capitales, la gula no le ha traumatizado lo más mínimo —dijo en tono jocoso.

—Todo eso de los pecados es ridículo —repuso él chupándose los dedos—, trucos de monje. ¡Un día sin buñuelos es peor que un día con sol!

—¿No le gusta el sol? —le preguntó Zofia, sorprendida.

—¡Pues claro! ¡Me encanta! Produce quemaduras y cáncer de piel; los hombres se asfixian con la corbata bien anudada al cuello; a las mujeres les horroriza pensar que el maquillaje se les va a correr; todo el mundo acaba pillando un resfriado por culpa de los aparatos de aire acondiciona-

* Nombre que se aplica a la ciudad de Nueva York.

do, que perforan la capa de ozono; la contaminación aumenta y los animales se mueren de sed, por no hablar de los ancianos que perecen a causa del calor. Perdone, pero el sol no lo ha inventado ni mucho menos quien la gente cree.

—Tiene usted un extraño concepto de las cosas.

Zofia escuchó con más atención a Lucas cuando éste dijo en tono grave que había que ser más honesto cuando se calificaba el mal y el bien. El orden de las palabras intrigó a Zofia. Lucas había mencionado varias veces el mal antes que el bien, cuando habitualmente la gente hacía lo contrario.

De repente, se le ocurrió que quizá fuera un Ángel Verificador enviado para controlar el buen desarrollo de su misión. Muchas veces se los había encontrado en operaciones menos ambiciosas. Lucas era tan provocador que, cuanto más hablaba, más verosímil le parecía la hipótesis. Mientras se acababa el noveno buñuelo, anunció con la boca medio llena que le encantaría volver a verla. Zofia sonrió. Lucas pagó la cuenta y salieron.

En el aparcamiento desierto, Lucas levantó la cabeza hacia arriba.

—Hace un poco de fresco, pero el cielo está sublime, ¿no cree?

Ella había aceptado su invitación a cenar juntos al día siguiente. Si, por casualidad, los dos trabajaban para la misma casa, quien había querido ponerla a prueba quedaría bien servido; pensaba pasárselo en grande. Zofia montó en su coche y regresó a casa.

Aparcó delante de la puerta y procuró no hacer ruido al subir la escalera de entrada. Ninguna luz bañaba el recibidor; la habitación de Reina Sheridan estaba cerrada.

Antes de entrar, alzó los ojos: en el firmamento no había ni nubes ni estrellas.

Y atardeció y amaneció...

Segundo día

Mathilde se había despertado al amanecer. Durante la noche la habían trasladado a una habitación, donde el tedio ya empezaba a abrirse camino. Desde hacía quince meses, la hiperactividad había sido el único remedio para curarse las lesiones de otra vida en la que el cóctel explosivo de desesperación y drogas casi había acabado con ella. El neón que crepitaba sobre su cabeza le recordaba las largas horas pasadas luchando contra el mono, que tiempo atrás le desgarraba las entrañas provocándole increíbles dolores. Un recuerdo de días dantescos en los que Zofia, a quien ella llamaba su ángel de la guarda, tenía que sujetarle las manos. Para sobrevivir, Mathilde se mutilaba el cuerpo, lo arañaba hasta arrancarse la piel para inventar nuevas heridas que diluyeran los castigos insoportables de los placeres pasados.

A veces le parecía notar aún en la parte posterior del cráneo las punzadas de los hematomas, consecuencia de los múltiples golpes que se asestaba en el transcurso de noches abandonadas a sufrimientos finales. Se miró la sangradura del codo; semana tras semana, las marcas de los pinchazos se habían borrado en signo de redención. Tan sólo quedaba aún un puntito violáceo sobre una vena, como un recordatorio del lugar por el que la muerte lenta había entrado. Zofia empujó la puerta de la habitación.

—Justo a tiempo —dijo, dejando un ramo de peonías sobre la mesilla de noche.

—¿Por qué justo a tiempo? —preguntó Mathilde.

—Te he visto la cara al entrar y la predicción meteorológica de tu moral tenía pinta de muy variable con tendencias tormentosas. Voy a pedirles un jarrón a las enfermeras.

—Quédate conmigo —dijo Mathilde con voz apagada.

—Las peonías están casi tan impacientes como tú; necesitan mucha agua. No te muevas, vuelvo enseguida.

Mathilde, sola en la habitación, contemplaba las flores. Con el brazo indemne, acarició las sedosas corolas. Los pétalos de peonía tenían el mismo tacto que el pelaje de los gatos, y a Mathilde le encantaban los felinos. Zofia interrumpió su ensoñación entrando con un cubo en la mano.

—Es lo único que tenían. En fin, no pasa nada, no son flores con ínfulas de grandeza.

—Son mis preferidas.

—Lo sé.

—¿Cómo has podido conseguirlas en esta época del año?

—¡Ah, eso es un secreto!

Zofia contempló la pierna escayolada de su amiga y después la tablilla que le inmovilizaba el brazo. Mathilde sorprendió su mirada.

—¡Te pasaste un poco jugando con el encendedor! ¿Qué ocurrió exactamente? No recuerdo casi nada. Estábamos hablando, tú te levantaste, yo no, y después... un inmenso agujero negro.

—No, un escape de gas en el falso techo de la antecocina. ¿Cuánto tiempo tienes que quedarte aquí?

Los médicos habrían aceptado dejar salir a Mathilde al día siguiente, pero no tenía medios para disponer de asistencia a domicilio y su estado la privaba de autonomía. Cuando Zofia se disponía a irse, Mathilde rompió a llorar.

—No me dejes aquí, este olor de desinfectante me

vuelve loca. Ya he pagado bastante, te lo juro. No aguantaré. Tengo tanto miedo de volver a caer que finjo tomarme los calmantes que me dan. ¡Sé que soy una carga para ti, Zofia, pero sácame ahora mismo de aquí!

Zofia se acercó a la cabecera de la cama y acarició la frente de su amiga para calmarla. Le prometió que haría todo lo posible para encontrar una solución cuanto antes. Volvería a pasar a verla por la noche.

Al salir del hospital, Zofia se dirigió a los muelles; la esperaba un día agitado. El tiempo pasaba deprisa y ella tenía una misión que cumplir y algunos protegidos a los que no podía abandonar. Fue a hacerle una visita a su viejo amigo vagabundo. Jules había abandonado el mundo sin haber identificado nunca el camino que lo había conducido al arco número siete, donde había establecido su domicilio provisional: sencillamente, una serie de terribles jugarretas que le había hecho la vida. Una reducción de plantilla había puesto fin a su carrera. Una simple carta le había anunciado que ya no formaba parte de la compañía que había sido toda su existencia.

A los cincuenta y ocho años aún se es muy joven, y aunque las empresas de cosméticos juraban que al acercarse a los sesenta uno todavía tenía la vida por delante cuidando mínimamente su capital estético, esa afirmación no convencía a sus propios departamentos de recursos humanos cuando evaluaban la evolución de la carrera de sus mandos. Así fue como Jules Minsky se encontró en el paro. Un guardia de seguridad le había confiscado la tarjeta de identificación en la entrada del inmueble donde había pasado más tiempo que en su propia casa. Sin pronunciar una sola palabra, el hombre uniformado lo había acompañado hasta su despacho. Allí, Jules había tenido que recoger sus cosas ante la mirada silenciosa de sus compañeros. Un siniestro día de lluvia, se había marchado con una caja de cartón bajo el brazo por todo equipaje, después de treinta y dos años de leales servicios.

La vida de Jules Minsky, estadístico y apasionado de las matemáticas aplicadas, se resumía en una aritmética muy imperfecta: suma de fines de semana pasados trabajando en detrimento de su propia vida; división aceptada en provecho del poder de los jefes (todos se sentían orgullosos de trabajar para ellos, formaban una gran familia en la que cada uno tenía un papel que desempeñar con la condición de que se mantuviera en su sitio); multiplicación de humillaciones y de ideas pasadas por alto por ciertas autoridades ilegítimas con poderes desigualmente adquiridos y, por último, sustracción del derecho de acabar su vida laboral con dignidad. La existencia de Jules, semejante a la cuadratura del círculo, se reducía a una ecuación de iniquidades irresolubles.

De pequeño, a Jules le gustaba vagar junto al vertedero de chatarra, donde una enorme presa comprimía las carcasas de los coches viejos. Para alejar la sensación de soledad que lo atormentaba por las noches, muchas veces había imaginado la vida del joven ejecutivo privilegiado que «evaluándolo», apropiado para ser despedido, había arruinado la suya. Sus tarjetas de crédito habían desaparecido en otoño, su cuenta bancaria no había sobrevivido al invierno, y él se había marchado de casa en primavera. El verano siguiente, había sacrificado un inmenso amor llevándose su orgullo a realizar un último viaje. Sin siquiera darse cuenta, el hombre llamado Jules Minsky, de cincuenta y ocho años, había establecido su domicilio provisional bajo el arco número siete del muelle 80 del puerto mercante de San Francisco. Muy pronto podría celebrar su décimo aniversario de vida al aire libre. Se complacía en contar a quien quisiera escucharlo que el día de su gran partida no se había dado realmente cuenta de nada.

Zofia descubrió la cicatriz que supuraba bajo el desgarrón de los pantalones de *tweed* con motivos príncipe de Gales.

—¡Jules, tiene que ir a que le curen la pierna!

—No empieces, por favor, mi pierna está perfectamente.

—Si no le limpian esa herida, dentro de menos de una semana la tendrá gangrenada, lo sabe perfectamente.

—Yo ya he vivido la peor de las gangrenas, cielo, así que una más o una menos... Además, con el tiempo que hace que le pido a Dios que venga a buscarme, tengo que dejarlo actuar. Si me curo cada vez que se me presenta alguna complicación, ¿de qué sirve implorar que se me lleve de esta maldita tierra? Así que, cómo ves, esto es mi billete de lotería para el más allá.

—¿Quién le mete esas ideas tan estúpidas en la cabeza?

—Nadie, pero hay un chico que anda por aquí y que está totalmente de acuerdo conmigo. Me gusta mucho charlar con él. Cuando lo veo, es como si mirara mi reflejo en un espejo pasado. Viste el mismo tipo de trajes que yo llevaba antes de que mi sastre sintiera vértigo al descubrir los abismos de mis bolsillos. Yo le predico la palabra de Dios y él a mí la del demonio; hacemos un trueque, y así me distraigo.

Ni paredes ni techo, nadie a quien odiar, tan pocos alimentos ante la puerta como barrotes que estaría deseando serrar... Jules Minsky había estado en peores condiciones que un prisionero. Soñar podía convertirse en un lujo cuando se luchaba por la supervivencia. De día, había que buscar comida en los vertederos; en invierno, andar continuamente para luchar contra la alianza mortal del sueño y el frío.

—Jules, voy a llevarlo al dispensario.

—Creía que trabajabas en la seguridad del puerto, no en el Ejército de Salvación.

Zofia tiró con todas sus fuerzas del brazo del vagabundo para ayudarlo a levantarse. Él no le facilitó la tarea, pero acabó por acompañarla a regañadientes hasta su coche. La joven le abrió la portezuela; Jules se pasó la mano por la barba, dudoso. Zofia lo miró en silencio. Las magníficas arrugas que tenía alrededor de los ojos azules constituían los fortines de un alma rica en emociones. En torno a la boca, de labios gruesos y sonrientes, se dibujaban otras caligrafías: las de una existencia en la que la pobreza sólo afectaba al aspecto.

—Tu carro no va a oler muy bien. Con la pierna así, últimamente no he podido ir a las duchas.

—Jules, si dicen que el dinero no tiene olor, ¿por qué va a tenerlo un poco de miseria? Deje de discutir y suba.

Tras haber confiado a su pasajero a los cuidados del dispensario, Zofia bajó de nuevo hacia los muelles. De camino, se desvió para ir a visitar a la señora Sheridan; tenía que pedirle un gran favor. La encontró en el umbral de la puerta. Reina tenía que hacer algunas compras y, en aquella ciudad famosa por sus calles en pendiente, donde cada paso constituye un reto para una persona mayor, encontrarse a Zofia a esa hora parecía un milagro. La chica le rogó que se sentara en el coche y subió corriendo a sus habitaciones. Entró, echó un vistazo al contestador automático, que no tenía grabado ningún mensaje, y bajó de inmediato. Por el camino, le expuso el caso de Mathilde a Reina, que aceptó acogerla en su casa hasta que se restableciera. Habría que encontrar un sistema para subirla al primer piso y unos buenos pares de brazos para bajar la cama metálica guardada en el desván.

Lucas, cómodamente instalado en la cafetería del 666 de la calle Market, hacía unas cuentas directamente sobre la mesa de formica tras haber tomado posesión de su nuevo cargo en el seno del mayor grupo inmobiliario de California. Estaba mojando el séptimo cruasán en un café con leche, inclinado sobre la apasionante obra que contaba cómo se había desarrollado Silicon Valley: «Una vasta franja de tierras convertidas en treinta años en la zona más estratégica de tecnologías punta, conocida como el pulmón de la informática del mundo.» Para aquel especialista del cambio de identidad, hacer que lo contrataran había sido de una facilidad desconcertante, y ya disfrutaba preparando su plan maquiavélico.

El día antes, en el avión de Nueva York, la lectura de un artículo del *San Francisco Chronicle* sobre el grupo inmobiliario A&H había iluminado los ojos de Lucas: la fisonomía rolliza de su vicepresidente se ofrecía sin contención al objetivo del fotógrafo. Ed Heurt, la «H» de A&H, era un genio en el arte de pavonearse en entrevistas y conferencias de prensa, y se jactaba sin parar de las inconmensurables contribuciones de su grupo al auge económico de la región. Aquel hombre, que desde hacía veinte años ambicionaba hacer carrera como diputado, no faltaba nunca a una ceremonia oficial. En aquellos momentos se disponía a inaugurar oficialmente, a bombo y platillo, la temporada de pesca del cangrejo. En tales circunstancias, Lucas se había cruzado en el camino de Ed Heurt.

Gracias a la impresionante libreta de direcciones influyentes con la que había alimentado hábilmente la conversación, Lucas había conseguido el puesto de consejero de la vicepresidencia, creado en el acto para él. Los engranajes del oportunismo no tenían ningún secreto para Ed Heurt, y el acuerdo se selló antes de que el número dos del grupo hubiera terminado de engullir una pinza de cangrejo, generosamente acompañada de una mayonesa al azafrán que manchó con igual generosidad la pechera de su esmoquin.

Esa mañana eran las once, y una hora más tarde Ed presentaría a Lucas a su socio, Antonio Andric, el presidente del grupo.

La «A» de A&H dirigía con una mano férrea enfundada en un guante de terciopelo la vasta red comercial que había tejido a lo largo de los años. Un sentido innato del negocio inmobiliario y una constancia inigualable en el trabajo habían permitido a Antonio Andric desarrollar un inmenso imperio que empleaba a más de trescientos agentes y a casi igual número de juristas, contables y asesores.

Lucas vaciló antes de renunciar a la octava pasta. Hizo chascar los dedos corazón y pulgar para pedir un capuchino. Mordisqueando el rotulador negro, consultó los papeles y continuó reflexionando. Las estadísticas que había obtenido del departamento de informática de A&H eran elocuentes.

Finalmente se permitió pedir un bollo relleno de chocolate y, mientras se lo comía, llegó a la conclusión de que era imposible alquilar, vender o comprar un solo inmueble o parcela de terreno en todo el valle sin tratar con el grupo para el que trabajaba desde la noche anterior. El folleto publicitario y su inefable eslogan («La inmobiliaria inteligente») le permitieron pulir sus planes.

A&H era una entidad con dos cabezas; su talón de Aquiles estaba en el punto de unión de los dos cuellos de la hidra. Bastaría que los dos cerebros de la organización aspiraran el mismo aire para ahogarse mutuamente. Si Andric y Heurt se disputaban el timón del barco, el grupo no tardaría en ir a la deriva. El naufragio brutal del imperio A&H abriría de inmediato el apetito a los grandes propietarios, que provocarían la desestabilización del mercado inmobiliario en un valle donde los alquileres eran pilares fundamentales de la vida económica. Las reacciones de las plazas financieras no se harían esperar y las empresas de la región quedarían asfixiadas en el acto.

Lucas comprobó unos datos para establecer sus hipótesis: la más probable era que un gran número de empresas no sobrevivieran al aumento de sus alquileres y el descenso de sus cotizaciones. Incluso siendo pesimista, los cálculos de Lucas permitían prever que al menos diez mil personas perderían su empleo; una cifra suficiente para hacer que la economía de toda la región sufriera una implosión y provocar la embolia más maravillosa que jamás se hubiera imaginado, la del «pulmón de la informática del mundo».

Dado que las certezas pasajeras de los medios financieros sólo eran comparables a su pusilanimidad permanente, los miles de millones que se invertían en las empresas de alta tecnología en Wall Street se volatilizarían en unas semanas, lo que provocaría un soberbio infarto en el corazón del país.

—¡Algo tiene de bueno la globalización! —le dijo Lucas a la camarera, que esta vez le llevó un chocolate caliente.

—¿Por qué? ¿Es que piensa limpiar toda esa porquería con un producto coreano? —repuso ella, dubitativa, mirando las anotaciones hechas en la mesa.

—Lo borraré todo antes de irme —masculló Lucas, retomando el hilo de sus pensamientos.

Puesto que se decía que el simple roce de las alas de una mariposa podía provocar un ciclón, Lucas demostraría que ese teorema se podía aplicar a la economía. La crisis americana no tardaría en propagarse por Europa y Asia. A&H sería su mariposa, Ed Heurt el roce de alas, y los muelles de la ciudad podrían muy bien ser el escenario de su victoria.

Tras haber rayado metódicamente la formica con un tenedor, Lucas salió de la cafetería y rodeó el edificio. Vio en la calle un Chrysler deportivo y forzó la cerradura. En el semáforo, accionó el mecanismo de la capota y ésta se plegó. Mientras bajaba la rampa del aparcamiento de sus nuevas oficinas, Lucas tomó el teléfono móvil. Se detuvo delante del aparcacoches y le hizo una señal amistosa con la mano para que esperase hasta que terminara de hablar. En voz alta, le contaba a un interlocutor imaginario que había sorprendido a Ed Heurt diciéndole a una encantadora periodista que la auténtica cabeza del grupo era él y que su socio era simplemente las piernas. Acto seguido, soltó una sonora carcajada, abrió la portezuela y le tendió las llaves al joven, quien le comentó que el cilindro no funcionaba bien.

—Lo sé —dijo Lucas con aire contrito—. ¡Ya no se está seguro en ninguna parte!

El aparcacoches, que no se había perdido una sola palabra de la conversación, lo observó alejarse en dirección al vestíbulo del edificio. Fue a aparcar el descapotable con mano hábil y experta... La ayudante personal de Antonio Andric siempre le encargaba a él la tarea de aparcar su 4×4. El rumor tardó dos horas en llegar al noveno y último piso del 666 de la calle Market, la prestigiosa sede social de A&H; la pausa para comer había frenado su avance. A las trece y diecisiete horas, Antonio Andric entraba iracundo en el despacho de Ed Heurt; a las trece y veintinueve, el mismo Antonio salía del despacho de su socio dando un portazo. En el rellano, dijo a voz en cuello que «las piernas» iban a relajarse a un campo de golf y que las «meninges» no tenían más que asistir en su lugar a la reunión mensual de directores comerciales.

Lucas dirigió una mirada de complicidad al aparcacoches al ir a recoger su vehículo. Faltaba una hora para la cita que tenía con su jefe, así que le daba tiempo de hacer una insignificante adquisición. Tenía unas ganas locas de cambiar de coche, y para aparcar a su manera el que ahora conducía, el puerto no quedaba muy lejos.

Zofia había dejado a Reina en la peluquería y prometido ir a buscarla al cabo de dos horas. Justo el tiempo de ir a dar clase de historia al centro de formación para personas con trastornos de visión. Los alumnos de Zofia se habían levantado al cruzar ella el umbral del aula.

—No lo digo por coquetería, pero soy la más joven de esta clase, así que, sentaos, por favor.

Hubo un murmullo y después Zofia retomó la lección en el punto donde la había dejado. Abrió el libro en braille que tenía sobre la mesa y empezó a leer. A Zofia le gustaba esa escritura en la que las palabras se descifraban con la yema de los dedos, en la que las frases se componían mediante el tacto, en la que los textos cobraban vida en el hueco de la mano. Apreciaba ese universo ambliope, tan misterioso para los que creían verlo todo aunque con frecuencia estaban ciegos para muchas cosas esenciales. Cuando sonó el timbre, dio por terminada la clase y se despidió de sus alumnos hasta el jueves siguiente. Montó en su coche y fue a buscar a Reina para acompañarla a casa. Después cruzó de nuevo la ciudad para llevar a Jules del dispensario a los muelles. El vendaje que llevaba en la pierna le daba aspecto de filibustero, y el hombre no disimuló cierto orgullo cuando Zofia se lo dijo.

—¿Estás preocupada? —preguntó Jules.

—No, sólo un poco desbordada.

—Siempre estás desbordada. Te escucho.

—Jules, he aceptado un desafío un poco estrambótico. Si usted tuviera que hacer algo increíblemente bueno, algo que cambiara el curso del mundo, ¿qué decidiría hacer?

—Si fuera utopista o creyera en los milagros, te diría que erradicaría el hambre del mundo, eliminaría todas las enfermedades, prohibiría que se atentara contra la dignidad de los niños, reconciliaría todas las religiones, sembraría la Tierra de tolerancia y creo que haría desaparecer toda clase de pobreza. Sí, haría todo eso... ¡si fuera Dios!

—¿Y se ha preguntado por qué Él no lo hace?

—Lo sabes tan bien como yo. Todo eso no depende de Su voluntad, sino de la de los hombres a los que ha confiado la Tierra. Zofia, no existe ningún bien inmenso que podamos representarnos por la sencilla razón de que el bien, al contrario que el mal, es invisible. No se puede calcular ni describir sin que pierda su elegancia y su sentido. El bien se compone de una cantidad infinita de pequeñas atenciones que, puestas una detrás de otra, tal vez un día acaben por cambiar el mundo. Pídele a cualquiera que te cite cinco personajes que hayan cambiado para bien el curso de la humanidad. No sé..., por ejemplo, el primer demócrata, o el inventor de los antibióticos, o un mediador de conflictos. Por raro que parezca, poca gente será capaz de dar su nombre, mientras que dirán sin ninguna dificultad el de cinco dictadores. Todos conocemos el nombre de las grandes enfermedades, pero casi nadie sabe el de los que las han vencido. El apogeo del mal que todos tememos no es otra cosa que el fin del mundo, pero parecemos ignorar que el apogeo del bien ya tuvo lugar... el día de la Creación.

—Pero, entonces, Jules, ¿qué haría usted para hacer el bien, el bien máximo?

—¡Haría exactamente lo que tú haces! Daría a todas las personas con las que me relaciono la esperanza de todos los posibles. Hace un rato has inventado una cosa maravillosa sin darte cuenta.

—¿Qué he hecho?

—Al pasar por delante de mi arco, me has sonreído. Poco después, ese detective que viene muchas veces a comer aquí ha pasado en coche y me ha mirado con su eterna cara de gruñón. Nuestras miradas se han cruzado, le he ofrecido tu sonrisa y, cuando se ha marchado, la llevaba en los labios. Sí, lo he visto. Así que, si confiamos un poco, se la habrá trasladado a la persona que haya ido a ver. ¿Ves ahora lo que has hecho? Has inventado una especie de vacuna contra el instante de malestar. Si todo el mundo hiciera eso, dar simplemente una sonrisa una vez al día, ¿te imaginas el increíble contagio de felicidad que se extendería por la Tierra? Entonces ganarías esa apuesta. —El viejo Jules se tapó la boca con la mano para toser—. Pero, en fin, ya te he dicho que no era un utopista, así que me conformaré con darte las gracias por haberme traído hasta aquí.

El vagabundo salió del coche y se dirigió a su refugio. Se volvió y le hizo un seña a Zofia.

—Sean cuales sean las preguntas que te hagas, confía en tu instinto y continúa haciendo lo que haces.

Zofia se quedó mirándolo.

—Jules, ¿qué hacía usted antes de vivir aquí?

Jules desapareció bajo el arco sin responder.

Zofia fue a ver a Manca al Fisher's Deli. Ya era la hora de comer y, por segunda vez en el día, tenía que pedir un favor. El capataz no había tocado el plato. Ella se sentó a su mesa.

—¿No se come los huevos revueltos?

Manca se inclinó para susurrarle al oído:

—Cuando Mathilde no está, la comida no sabe a nada.

—Precisamente de ella he venido a hablarle.

Zofia se marchó del puerto media hora más tarde en compañía del capataz y de cuatro de sus cargadores. Al pasar por delante del arco número siete, se detuvo en seco. Había reconocido al hombre elegantemente trajeado que estaba fumando un cigarrillo junto a Jules. Los dos cargadores que habían subido a su coche y los otros dos que la seguían en una camioneta le preguntaron por qué había frenado tan bruscamente. Ella aceleró sin responder y se dirigió al hospital Memorial.

Los faros del flamante Lexus se encendieron en cuanto éste se adentró en el sótano. Lucas caminó a paso vivo hacia la puerta de acceso a la escalera. Consultó su reloj; llegaba diez minutos antes de la hora.

Las puertas del ascensor se abrieron en la novena planta. Dio un rodeo para pasar por delante del despacho de la ayudante de Antonio Andric, se invitó a entrar y se sentó en una esquina de su mesa. Ella no levantó la cabeza y continuó escribiendo en el ordenador.

—Está usted totalmente consagrada a su trabajo, ¿verdad?

Elizabeth le sonrió y prosiguió su tarea.

—¿Sabe que en Europa la jornada de trabajo está legislada? En Francia —añadió Lucas—, incluso piensan que más de treinta y cinco horas a la semana son perjudiciales para la realización del individuo.

Elizabeth se levantó para servirse una taza de café.

—¿Y si uno quiere trabajar más? —preguntó.

—¡No puede! ¡Francia fomenta el arte de vivir!

Elizabeth se sentó de nuevo ante la pantalla y se dirigió a Lucas en un tono distante:

—Tengo cuarenta y ocho años, estoy divorciada, mis dos hijos están en la universidad, soy propietaria del pequeño piso donde vivo en Sausalito y de un bonito apartamento a orillas del lago Tahoe que habré terminado de pagar dentro de dos años. Para ser sincera, no cuento el tiempo que paso aquí. Me gusta lo que hago, mucho más que deambular por delante de los escaparates constatando que no he trabajado lo suficiente para pagar lo que me apetece comprar. En cuanto a los franceses, le recuerdo que comen caracoles. El señor Heurt está en su despacho y ustedes están citados a las dos, lo cual es perfecto ya que son las dos en punto.

Lucas se dirigió hacia la puerta. Antes de salir al pasillo, se volvió.

—Se nota que no ha comido nunca mantequilla de ajo. Si lo hubiera hecho, no diría eso.

Zofia había organizado la salida anticipada de Mathilde. Ésta aceptaba firmar el alta voluntaria, y Zofia había jurado que, al menor síntoma anormal, la llevaría inmediatamente a urgencias. El jefe del servicio dio su autorización, condicionada a que el examen médico previsto para las tres de la tarde no contradijera la evolución favorable del estado de salud de su paciente.

Los cuatro cargadores se ocuparon de Mathilde en el aparcamiento del hospital. No paraban de bromear sobre la fragilidad de la carga; se divertían utilizando la jerga del oficio aplicada a una situación en la que Mathilde interpretaba el papel de contenedor. La tendieron con mucha precaución sobre la camilla que habían improvisado en la parte trasera de la camioneta. Zofia conducía lo más despacio que podía, pero el menor bache despertaba en la pierna de Mathilde un vivo dolor que le subía hasta la ingle. Tardaron media hora en llegar a buen puerto.

Los cargadores bajaron la cama metálica del desván y la instalaron en el salón de Zofia. Manca la empujó hasta la ventana y acercó el velador que haría de mesilla de noche. Entonces empezó la lenta ascensión de Mathilde, transportada por los cargadores bajo la dirección de Manca. Cada vez que subían un escalón, Zofia apretaba los puños al oír gritar de miedo a Mathilde y ellos respondían cantando a voz en cuello. Las chicas acabaron cediendo a la risa una vez que hubieron pasado el recodo que hacía la escalera. Con mil atenciones, los hombres depositaron a su camarera preferida en su nueva cama.

Zofia dijo que los invitaría a comer para agradecerles el favor, pero Manca contestó que no era necesario, que Mathilde los había mimado bastante en el Deli para que hicieran lo mismo por ella. Zofia los llevó de vuelta al puerto. Cuando el coche se alejó, Reina preparó dos tazas de café, acompañadas de unos trozos de bizcocho servidos en su cuenco de plata cincelada, y subió al primer piso.

Al marcharse del muelle 80, Zofia decidió dar un ligero rodeo. Encendió la radio y buscó una emisora hasta que la voz de Louis Armstrong revoloteó por el habitáculo. *What a wonderful world* era una de sus canciones preferidas. Canturreó con el viejo *bluesman*. El Ford giró en la esquina de los depósitos y se dirigió a los arcos que bordeaban las inmensas grúas. Aceleró y, al pasar sobre los reductores de velocidad, el coche dio una serie de tumbos. Zofia sonrió y bajó del todo la ventanilla. El viento le azotaba el cabello. Hizo girar el botón del volumen y la canción sonó todavía más fuerte. Radiante, se divirtió sorteando los conos de seguridad hasta llegar al séptimo arco. Cuando vio a Jules, le hizo una seña con la mano e inmediatamente él le devolvió el saludo. Estaba solo... Entonces, Zofia apagó la radio, cerró la ventanilla y se encaminó a la salida.

Heurt había salido de la sala del consejo entre los aplausos cautelosos de los directores, estupefactos por las promesas que se les acababan de hacer. Convencido de ser un lince en la práctica de la comunicación, Ed había expuesto con todo detalle sus visiones megaloexpansionistas, transformando la reunión comercial en la parodia de una conferencia de prensa. En el ascensor que lo conducía de vuelta a la novena planta, se sentía en la gloria: manejar a los hombres no era, después de todo, tan complicado como decían; si fuera preciso, podría muy bien ocuparse solo del destino del grupo. Loco de contento, levantó el puño cerrado hacia el cielo en señal de victoria.

Antes de desaparecer, la pelota de golf había hecho que la bandera se tambaleara. Antonio Andric acababa de conseguir un magnífico «hoyo en uno» en un «par cuatro». Loco de contento, levantó el puño cerrado hacia el cielo en señal de victoria.

Lucas, encantado, bajó el puño hacia el suelo en señal de victoria: el vicepresidente había logrado sembrar un desconcierto sin precedentes entre los dirigentes de su imperio, y la confusión mental no tardaría en propagarse a las plantas inferiores.

Ed lo esperaba junto a la máquina de refrescos y al verlo abrió los brazos.

—Una reunión fantástica, ¿verdad? Me he dado cuenta de que casi siempre estoy lejos de mis tropas y debo poner remedio. Tengo que pedirle un favor relacionado con eso.

Ed había quedado esa noche con una periodista que debía redactar un artículo sobre él en un diario local. Por una vez, sacrificaría sus deberes para con la prensa en favor de las necesidades de sus fieles colaboradores. Acababa de invitar a cenar al jefe de desarrollo, al responsable de márketing y a los cuatro directores de la red comercial. Debido a su pequeño altercado con Antonio, prefería no informar a su socio de su iniciativa y dejarlo disfrutar de una auténtica noche de descanso que a todas luces necesitaba. Si Lucas tenía la amabilidad de ocuparse de la entrevista por él, le haría un inestimable favor, y además, los elogios de un tercero siempre resultaban más convincentes. Ed contaba con la eficiencia de su nuevo consejero, al que animó dándole una amistosa palmada en el hombro. La mesa estaba reservada para las nueve de la noche en Simbad, una marisquería de Fisherman's Wharf: un marco con un toque de romanticismo, unos cangrejos deliciosos, una cuenta respetable... El artículo tendría que ser elocuente.

Después de haberse ocupado del traslado de Mathilde, Zofia regresó al Memorial, pero esta vez con otro propósito. Entró en el pabellón número tres y subió a la tercera planta.

El servicio de pediatría estaba, como de costumbre, sobrecargado. En cuanto el pequeño Thomas reconoció sus pasos al fondo del pasillo, todo su rostro se iluminó. Para él, los martes y los viernes eran días sin sombra de tristeza. Zofia le acarició una mejilla, se sentó en el borde de la cama, depositó un beso en su mano y sopló hacia él para enviárselo (era un gesto de complicidad entre ambos). Luego reanudó la lectura a partir de la página doblada. Nadie podía tocar el libro que ella guardaba en el cajón de la mesilla de noche al final de todas sus visitas. Thomas lo vigilaba como si se tratara de un tesoro. Ni siquiera él se permitía leer una sola palabra en su ausencia. El chiquillo de cabeza calva conocía mejor que nadie el valor del instante mágico. Tan sólo Zofia podía contarle ese cuento. Nadie confiscaría un minuto de las historias fantásticas del conejo Teodoro. Ella, con su entonación, hacía que cada línea fuera preciosa. De vez en cuando, se levantaba y recorría la habitación de un lado a otro; cada una de sus zancadas, que acompañaba con amplios movimientos de brazos y gestos de la cara, provocaba inmediatamente la risa incontenible del niño. Durante la maravillosa hora en que los personajes se materializaban en su habitación, la vida reconquistaba sus derechos. Incluso cuando abría los ojos, Thomas olvidaba las paredes, su miedo y el dolor.

Zofia cerró el libro, lo guardó en su sitio y miró a Thomas, que tenía el entrecejo fruncido.

—¿Te has puesto serio de golpe?

—No —contestó el niño.

—¿Hay algo en el cuento que no hayas entendido?

—Sí.

—¿Qué? —preguntó ella, tomándolo de la mano.

—¿Por qué me lo cuentas?

Zofia no encontró las palabras adecuadas para formular su respuesta y Thomas sonrió.

—Yo lo sé —dijo.

—Pues dímelo.

El niño se sonrojó.

—Porque me quieres —murmuró, pasando los dedos sobre la sábana de algodón.

Las mejillas de Zofia se tiñeron también de rojo.

—Tienes razón, era justo ésa la palabra que buscaba —dijo en voz baja.

—¿Por qué los adultos no dicen siempre la verdad?

—Porque a veces les da miedo, creo.

—Pero tú no eres como ellos, ¿a que no?

—Digamos que lo intento, Thomas.

Zofia le levantó la barbilla al niño y lo besó. Él se echó en sus brazos y la estrechó con fuerza. Tras esta cariñosa despedida, Zofia se dirigió hacia la puerta, pero Thomas la llamó.

—¿Voy a morirme?

Thomas la miraba fijamente. Zofia escrutó largamente la profunda mirada del niño.

—Tal vez.

—Si tú estás aquí, no, así que hasta el viernes —dijo el niño.

—Hasta el viernes —contestó Zofia, soplando para enviarle el beso depositado en la palma de su mano.

Tomó el camino de los muelles para ir a controlar el buen desarrollo de la descarga de un barco. Se acercó a una pila de bastidores de carga; un detalle había atraído su atención. Se arrodilló para mirar el precinto sanitario que garantizaba el mantenimiento de la cadena de frío. El indicador se había ennegrecido. Zofia empuñó de inmediato el walkie-talkie y buscó el quinto canal. La oficina de servicios sanitarios no respondió a su llamada. El camión refrigerado que esperaba junto al buque no tardaría en llevar la mercancía en mal estado a los numerosos restaurantes de la ciudad. Tenía que encontrar una solución cuanto antes. Cambió al tercer canal.

—Manca, soy Zofia, ¿dónde está?

El aparato crepitó.

—En la atalaya —dijo Manca—, y hace un tiempo espléndido, por si tiene alguna duda al respecto. ¡Casi puedo ver la costa china!

—El *Vasco de Gama* está descargando, ¿puede reunirse conmigo enseguida?

—¿Hay algún problema?

—Preferiría hablar del asunto aquí —contestó antes de cortar la comunicación.

Esperó a Manca al pie de la grúa que transportaba las cajas desde el barco hasta tierra firme. Éste llegó unos minutos después, al volante de un Fenwick.

—Bien, ¿qué puedo hacer por usted? —preguntó Manca.

—De esa grúa cuelgan diez cajas de gambas incomestibles.

—¿Y?

—Los del servicio sanitario no están aquí, como puede ver, y no consigo localizarlos.

—Yo tengo dos perros y un hámster en casa, y aun así no soy veterinario. Vamos a ver, ¿qué sabe usted de crustáceos?

Zofia le mostró el indicador.

—¡Las gambas no tienen secretos para mí! Si no nos ocupamos de esto, no va a ser nada aconsejable ir esta noche a un restaurante...

—Sí, vale, pero ¿qué quiere que haga yo, aparte de comerme un bistec en casa?

—Ni para los niños comer mañana en el colegio...

No era una frase inocente. Manca no soportaba que se le tocara un pelo a ningún niño; para él, los niños eran sagrados. La miró unos instantes frotándose la barbilla.

—¡Está bien, de acuerdo! —dijo, apoderándose del emisor de Zofia.

Cambió la frecuencia para establecer contacto con el hombre que manejaba la grúa.

—¡Samy, colócate sobre el mar!

—¿Eres tú, Manca? Voy cargado con trescientos kilos. ¿Puedes esperar?

—¡No!

La pluma giró poco a poco, arrastrando la carga en un lento balanceo, y se detuvo sobre el agua.

—¡Bien! —dijo Manca—. Ahora voy a pasarte a la oficial de seguridad, que acaba de descubrir un gran defecto en tu estiba. Va a ordenarte que la sueltes de inmediato para que no corras ningún peligro, y tú la obedecerás a la misma velocidad porque su oficio es hacer este tipo de cosas.

Le tendió a Zofia el aparato sonriendo de oreja a oreja. Zofia vaciló y carraspeó antes de transmitir la orden. Se oyó un ruido seco y el gancho se abrió. La carga de crustáceos se hundió en las aguas del puerto. Manca volvió a montar en el Fenwick. Al arrancar, olvidó que había puesto la marcha atrás y derribó las cajas que había en el suelo. Se detuvo a la altura de Zofia.

—Si esta noche los peces se ponen enfermos, es cosa suya, yo no quiero saber nada del asunto. ¡Y de los papeles del seguro tampoco!

Acto seguido, el tractor avanzó sobre el asfalto sin hacer ruido.

La tarde tocaba a su fin. Zofia cruzó la ciudad; la panadería donde hacían los mostachones preferidos de Mathilde estaba en el extremo norte de Richmond con la calle Cuarenta y cinco. Aprovechó la ocasión para hacer algunas compras.

Zofia llegó a casa una hora más tarde, cargada, y subió al primer piso. Empujó la puerta con un pie; apenas veía lo que tenía delante y pasó directamente detrás de la barra de la cocina. Resopló al dejar las bolsas de papel marrón sobre la encimera de madera y levantó la cabeza: Reina y Mathilde la miraban con una expresión más que extraña.

—¿Puedo saber de qué os reís? —preguntó Zofia.

—¡No nos reímos! —repuso Mathilde.

—Todavía no..., pero, viendo vuestras caras, apuesto lo que sea a que no vais a tardar.

—¡Te han mandado flores! —susurró Reina con los labios apretados.

Zofia miró primero a una y luego a la otra.

—Reina las ha puesto en el cuarto de baño —dijo Mathilde.

—¿Por qué en el cuarto de baño? —preguntó Zofia, recelosa.

—¡Por la humedad, supongo! —contestó Mathilde, risueña.

Zofia apartó la cortina de la ducha y oyó a Reina añadir:

—¡Esa clase de vegetal necesita mucha agua!

Se hizo el silencio en las dos estancias. Cuando Zofia preguntó quién había tenido la delicadeza de enviarle un nenúfar, en el salón estalló la risa de Reina, a la que no tardó en seguir la de Mathilde. Reina pudo contenerse lo suficiente para decir que sobre el lavabo había una tarjeta. Zofia, dubitativa, abrió el sobre: «Sintiéndolo mucho, un enojoso compromiso profesional me obliga a aplazar nuestra cena. La espero a las siete y media en el bar del embarcadero Hyatt para pedirle perdón y tomar el aperitivo. No falte, su compañía me resulta indispensable.»

La nota estaba firmada por Lucas. Zofia la arrugó y la tiró a la papelera. Luego regresó al salón.

—Bueno, ¿quién es? —preguntó Mathilde, secándose los ojos.

Zofia se acercó al armario y lo abrió enérgicamente. Se puso un cárdigan, recogió las llaves de la mesita de la entrada y, antes de salir, se volvió para decirles a Reina y a Mathilde que estaba encantada de que se hubieran conocido. Sobre la barra había cosas para preparar una cena. Ella tenía trabajo y volvería tarde. Hizo una reverencia forzada y desapareció. Mathilde y Reina oyeron subir un glacial «buenas noches» por el hueco de la escalera justo antes de que la puerta de entrada se cerrara. El ruido del motor del Ford se desvaneció unos segundos más tarde. Mathilde miró a Reina sin ocultar la amplia sonrisa en la comisura de los labios.

—¿Cree que está molesta?

—¿A ti te han mandado alguna vez un nenúfar?

Reina se enjugó el rabillo del ojo.

Zofia conducía con brusquedad. Encendió la radio y masculló:

—Pero bueno, ¿me ha tomado por una rana o qué?

En el cruce de la Tercera Avenida, dio un volantazo al tiempo que tocaba inopinadamente el claxon. Delante de su parabrisas, un peatón señaló con un ademán grosero que todavía tenía el semáforo en rojo. Zofia asomó la cabeza por la ventanilla y le gritó:

—¡Lo siento! ¡Los batracios son daltónicos!

Condujo deprisa en dirección a los muelles.

—Un enojoso compromiso... —barbotó—. Pero ¿quién se cree que es?

Cuando Zofia llegó al muelle 80, el vigilante salió de la garita. Tenía un mensaje de parte de Manca: quería verla urgentemente. Ella miró el reloj y se dirigió al despacho de los capataces. Al entrar, comprendió enseguida por la cara de Manca que había habido un accidente; éste le confirmó que un cargador llamado Gómez se había caído. La causa de la caída era, probablemente, una escala defectuosa. La carga suelta que había en la cala apenas había amortiguado el golpe; el hombre había sido trasladado al hospital en un estado lamentable. Las causas del accidente habían provocado la cólera de sus compañeros. Zofia no estaba de servicio en el momento de la desgracia, pero eso no hacía que se sintiera menos responsable. Desde que se había producido el drama, la tensión no había cesado de aumentar, y entre los muelles 96 y 80 ya circulaban rumores de huelga. Para calmar los ánimos, Manca había prometido que haría inmovilizar el barco en el muelle. Si la investigación confirmaba las sospechas, el sindicato se personaría como acusación particular contra el armador. Mientras tanto, para debatir la pertinencia de una huelga, Manca había invitado a cenar esa noche a los tres jefes de sección de la Unión de Cargadores. Con semblante grave, Manca escribió la dirección del restaurante en un pedazo de papel que arrancó del bloc de notas.

—Estaría bien que vinieses. He hecho la reserva para las nueve.

Le tendió el papel a Zofia y ésta se despidió de él.

El viento frío que soplaba en los muelles le azotaba las mejillas. Se llenó los pulmones de aire helado y lo soltó lentamente. Una gaviota se posó sobre una amarra que chirriaba al estirarse. El pájaro inclinó la cabeza y clavó los ojos en Zofia.

—¿Eres tú, Gabriel? —preguntó ella con voz tímida.

La gaviota levantó el vuelo profiriendo un fuerte graznido.

—No, no eras tú...

Mientras caminaba junto al agua, experimentó una sensación que no conocía, como si un velo de tristeza se mezclara con el rocío.

—¿Algún problema?

La voz de Jules la sobresaltó.

—No lo había oído llegar.

—Yo sí que te he oído a ti —dijo el hombre, acercándose a ella—. ¿Qué haces aquí a estas horas? Ya no estás de servicio.

—He venido a meditar sobre un día que ha ido de mal en peor.

—No te fíes de las apariencias, ya sabes que suelen ser engañosas.

Zofia se encogió de hombros y se sentó en el primer

peldaño de la escalera de piedra que descendía hacia el agua. Jules se instaló a su lado.

—¿Le duele la pierna? —preguntó la joven.

—¡Olvídate de mi pierna, haz el favor! A ver, ¿qué es lo que va mal?

—Creo que estoy cansada.

—Tú nunca estás cansada... Te escucho.

—No sé qué me pasa, Jules..., me siento..., no sé, un poco harta...

—¡Acabáramos!

—¿Por qué dice eso?

—Por nada, por decir algo. ¿Y cuál es la causa de esta repentina «depre»?

—No tengo ni idea.

—Sí, uno nunca nota cómo avanza esa sensación. Se presenta de repente y un buen día, no se sabe cómo, desaparece.

Jules intentó levantarse. Zofia le tendió la mano para ayudarlo a que se apoyara en ella. Él gimió al incorporarse.

—Son las siete y cuarto..., creo que debes irte.

—¿Por qué lo dice?

—¡Para de repetir la misma pregunta! Digamos que porque es tarde. Buenas noches, Zofia.

Jules se alejó sin cojear. Antes de meterse bajo su arco, se volvió y le preguntó:

—¿Tu «depre» tiene el cabello rubio o moreno?

A continuación, desapareció en la penumbra, dejándola sola en el aparcamiento.

El primer intento de poner en marcha el Ford no dejaba lugar para la esperanza: los faros apenas iluminaron la proa del barco. El arranque hizo más o menos el mismo ruido que si alguien hubiera removido un puré de patata con la mano. Zofia salió, cerró de un portazo y se encaminó hacia la garita.

—¡Mierda! —exclamó, subiéndose el cuello de la chaqueta.

Un cuarto de hora más tarde, un taxi la dejó al pie del embarcadero Center. Zofia subió corriendo la escalera mecánica que desembocaba en el gran patio del complejo hotelero. Allí, montó en el ascensor que subía de un tirón hasta el último piso.

El bar panorámico giraba lentamente sobre un eje. En media hora se podían admirar la isla de Alcatraz al este, el puente Bay al sur y los barrios financieros y sus torres magistrales al oeste. La mirada de Zofia habría apreciado también el majestuoso Golden Gate, que unía las verdes tierras del Presidio a los acantilados alfombrados de menta que caían en vertical sobre Sausalito..., si hubiera estado sentada frente a la cristalera, pero Lucas había ocupado el sitio bueno.

Cerró la carta de cócteles y llamó al camarero con un chasquido de dedos. Zofia agachó la cabeza. Lucas escupió en su mano el hueso que estaba chupando meticulosamente con la lengua.

—Los precios aquí son demenciales, pero debo reconocer que la vista es excepcional —dijo, metiéndose en la boca otra aceituna.

—Sí, tiene razón, la vista es bastante bonita —le dijo Zofia—. Creo que hasta puedo intuir un trocito del Golden Gate en el trocito de espejo que tengo enfrente. A no ser que sea el reflejo de la puerta de los lavabos, que también es roja.

Lucas sacó la lengua y bizqueó al tratar de mirar la punta, tomó el hueso limpio, lo dejó en el cuenco y concluyó:

—De todas formas, está oscuro, ¿no?

Con mano trémula, el camarero dejó sobre la mesa un Dry Martini y dos cócteles de cangrejo y se alejó a paso vivo.

—¿No le parece que está un poco tenso? —preguntó Zofia.

Lucas había tenido que esperar diez minutos para sentarse a esa mesa y había reconvenido al camarero.

—¡Con estos precios, se puede ser exigente, créame!

—Deduzco que tiene usted una tarjeta de crédito platino —le soltó Zofia sin más.

—¡Por supuesto! ¿Cómo lo sabe? —preguntó Lucas, sorprendido y encantado a la vez.

—Porque suelen volver arrogante... Créame a mí: las cuentas y el sueldo de los empleados no se miden con el mismo rasero.

—Es una manera de verlo —dijo Lucas, masticando la enésima aceituna.

Después de eso, cuando pidió unas almendras..., otra copa..., una servilleta limpia..., se esforzó en mascullar un gracias que parecía realmente quemarle la garganta. Zofia manifestó su preocupación por el problema que tenía y él rompió a reír escandalosamente. Todo iba sobre ruedas y se alegraba muchísimo de haberla conocido. Diecisiete aceitunas más tarde, pagó la cuenta sin dejar propina. Al salir del local, Zofia puso discretamente un billete de cinco dólares en la mano del botones que había ido a buscar el coche de Lucas.

—¿La llevo? —dijo Lucas.

—No, gracias, tomaré un taxi.

Con un gesto amplio, Lucas abrió la portezuela del lado del pasajero.

—Suba, la llevo.

El descapotable circulaba deprisa. Lucas hizo rugir el motor e introdujo un disco compacto en el lector del salpicadero. Con una amplia sonrisa en los labios, sacó una tarjeta de crédito platino del bolsillo y la agitó entre el índice y el pulgar.

—¡Reconocerá que no sólo tienen defectos!

Zofia lo observó unos segundos. A la velocidad del rayo, le quitó el pedazo de plástico plateado de los dedos y lo arrojó por encima de la puerta.

—¡Al parecer, hasta te hacen una nueva en veinticuatro horas!

El coche frenó bruscamente con un chirrido de neumáticos y Lucas se echó a reír.

—¡En una mujer, el sentido del humor es irresistible!

Cuando el coche se detuvo delante de la parada de taxis, Zofia hizo girar la llave de contacto para detener el ruido ensordecedor del motor. Bajó y cerró con delicadeza la portezuela.

—¿Está segura de que no quiere que la acompañe a su casa? —preguntó Lucas.

—Se lo agradezco, pero he quedado. Lo que sí quisiera es pedirle un pequeño favor.

—Delo por hecho.

Zofia se inclinó sobre la ventanilla de Lucas.

—¿Podría esperar hasta que haya girado en la próxima esquina para volver a poner en marcha su supercortadora de césped? —Retrocedió un paso y él la asió por la muñeca.

—He pasado un rato delicioso —dijo.

Le rogó que aceptara cenar con él otro día. Los primeros encuentros siempre le resultaban difíciles e incómodos porque era tímido. Debía darle una oportunidad para conocerlo mejor. A Zofia la dejó perpleja su definición de la timidez.

—No se puede juzgar a la gente basándose en la primera impresión, ¿verdad?

Había una pizca de encanto en el tono que había adoptado. Ella aceptó una comida, nada más. Después giró sobre sus talones y se dirigió hacia el taxi que estaba al principio de la parada. El V12 de Lucas ya rugía a su espalda.

El taxi se detuvo junto a la acera. Las campanas de Grace Cathedral acabaron de dar las nueve. Zofia entró en Simbad; había llegado a la hora en punto. Cerró la carta, se la devolvió a la camarera y bebió un sorbo de agua, decidida a abordar directamente el meollo de la cuestión que la había llevado a aquella mesa. Debía convencer a los jefes del sindicato de que frenaran el movimiento de protesta en los muelles.

—Aunque los apoyen, los cargadores no aguantarán más de una semana sin cobrar. Si cesa la actividad, los cargueros amarrarán al otro lado de la bahía. Será la muerte de los muelles —dijo con voz firme.

Oakland, el vecino puerto rival, competía con ellos por controlar la actividad mercantil. Otro bloqueo podía provocar la marcha de las empresas de flete. La ambición de los promotores, que desde hacía diez años tenían puestos los ojos en los mejores terrenos de la ciudad, ya estaba suficientemente estimulada para que, además, hicieran de Caperucita Roja con aromas de huelga en un cesto.

—Ha sucedido en Nueva York y en Baltimore y puede suceder aquí —añadió, convencida de la causa que defendía.

Y si los puertos mercantes cerraban sus puertas, las consecuencias no sólo serían desastrosas para la vida de los cargadores. Muy pronto, el flujo incesante de camiones que atravesaban a diario los puentes terminaría de atascar los accesos de la península. La gente tendría que salir de su casa todavía más temprano para ir al trabajo y volvería todavía más tarde. No pasarían ni seis meses antes de que muchos se resignaran a emigrar más al sur.

—¿No le parece que lleva las cosas demasiado lejos? —preguntó uno de los hombres—. ¡Sólo se trata de renegociar las primas de peligrosidad! Además, yo creo que nuestros colegas de Oakland serán solidarios.

—Es lo que llaman la teoría del batir de alas de la mariposa —insistió Zofia, rasgando un trozo del mantel de papel.

—¿Qué pintan aquí las mariposas? —le preguntó Manca.

El hombre con traje negro que estaba cenando detrás de ellos se volvió para intervenir en su conversación. A Zofia se le heló la sangre en las venas al ver que era Lucas.

—Es un principio geofísico según el cual el movimiento de las alas de una mariposa en Asia provoca un desplazamiento de aire que puede convertirse en un ciclón que devaste las costas de Florida.

Los delegados sindicales, desconcertados, se miraron en silencio. Manca mojó un trozo de pan en la mayonesa y resopló antes de decir:

—Puestos a hacer el imbécil en Vietnam, deberíamos haber aprovechado para sulfatar las orugas. ¡Por lo menos habríamos ido para algo!

Lucas saludó a Zofia y se volvió hacia la periodista que estaba entrevistándolo. El rostro de Zofia estaba de color grana. Uno de los delegados le preguntó si era alérgica a los crustáceos, puesto que no había tocado el plato. Zofia se sentía un poco mareada, se justificó, ofreciéndoles compartir su plato. Les suplicó que reflexionaran antes de hacer algo irreparable y pidió disculpas por irse antes de terminar la cena; la verdad era que no se encontraba muy bien.

Todos se levantaron cuando se marchó. Al pasar junto a la mesa de al lado, se inclinó hacia la chica y la miró fijamente. Ésta, sorprendida, retrocedió instintivamente y estuvo a punto de caerse hacia atrás. Zofia le dedicó una sonrisa forzada.

—¡Debe de gustarle usted mucho para que la haya dejado sentarse de cara al exterior! ¡Aparte de eso, es rubia! Les deseo a los dos una feliz velada... profesional.

Se dirigió con decisión hacia el guardarropa. Lucas salió tras ella, la retuvo por el brazo y la obligó a volverse.

—¿Qué mosca le ha picado?

—Me da la impresión de que la palabra «profesional» no significa lo mismo para los dos.

—¡Es periodista!

—Sí, claro. Yo también: los domingos paso las notas de toda la semana a mi diario íntimo.

—¡Pero Amy es periodista de verdad!

—¡Ya! ¡Y en este momento el Gobierno parece muy ocupado comunicándose con Amy!

—Exacto, y no hable tan fuerte, va a cargarse mi tapadera.

—¿Su tapadera o su portada de revista? Por cierto, ofrézcale un postre. He visto en la carta uno por menos de seis dólares.

—¿Le importaría bajar la voz? Me gustaría seguir pasando de incógnito.

—¡Ésta sí que es buena! Dentro de muchos años, cuando sea abuela, podré contarles a mis nietos que una noche tomé el aperitivo con James Bond. Cuando esté jubilado, ¿podrá levantar el secreto de Estado?

—¡Bueno, ya está bien! ¡Por lo que he visto, usted no estaba cenando con tres compañeras de colegio!

—Es usted un encanto, Lucas, un verdadero encanto, y su acompañante también. Tiene unos rasgos deliciosos y un precioso cuello de pájaro. ¡Es una mujer con suerte! Dentro de cuarenta y ocho horas, recibirá una sublime jaula de mimbre trenzado.

—Eso va con segundas. ¿Qué pasa? ¿No le ha gustado el nenúfar?

—¡Todo lo contrario! ¡Me ha halagado muchísimo que no me haya mandado también un acuario! ¡Vamos, corra, parece abatida! Para una mujer, es terrible aburrirse en la mesa de un hombre. Y créame, sé de lo que hablo.

Zofia dio media vuelta y la puerta del restaurante se cerró a su espalda. Lucas se encogió de hombros, echó un vistazo a la mesa de la que Zofia se había levantado y se reunió con su acompañante.

—¿Quién era? —preguntó la periodista, que empezaba a impacientarse.

—Una amiga.

—No es asunto mío, pero parecía cualquier cosa menos eso.

—En efecto, no es asunto suyo.

Durante toda la cena, Lucas no paró de ensalzar los méritos de su jefe. Contó que, en contra de las ideas preconcebidas, era a Ed Heurt a quien la compañía debía su formidable auge. Su legendaria modestia y un exceso de fidelidad hacia su socio habían llevado al vicepresidente a conformarse con ser el número dos, pues para Ed Heurt lo único importante era la causa. Sin embargo, la verdadera cabeza pensante del binomio era él y sólo él. La periodista tecleaba con agilidad en su ordenador de bolsillo. Lucas le rogó hipócritamente que no mencionara en su artículo algunos comentarios que le había hecho de modo confidencial porque sus ojos azules eran irresistibles. Se inclinó para servirle vino y ella lo invitó a que le contara otros secretos de alcoba, a título puramente amistoso, por supuesto. Lucas se echó a reír y contestó que aún no estaba lo bastante ebrio para eso. Al tiempo que se subía un tirante del top de seda, Amy preguntó qué podría sumirlo en un estado de ebriedad.

Zofia subió de puntillas la escalera de entrada. Era tarde, pero la puerta de Reina todavía estaba entornada y Zofia la empujó suavemente con un dedo. No había ningún álbum sobre la alfombra ni ningún cuenco con trozos de bizcocho. La señora Sheridan la esperaba sentada en el sillón. Zofia entró.

—Te gusta ese chico, ¿verdad?

—¿Quién?

—No te hagas la tonta, el del nenúfar, con el que has salido esta noche.

—Sólo hemos tomado una copa. ¿Por qué?

—Porque a mí no me gusta.

—Tranquila, a mí tampoco. Es odioso.

—Lo que yo decía: te gusta.

—¡Que no! Es vulgar, presuntuoso, engreído.

—¡Dios mío, ya se ha enamorado! —exclamó Reina, levantando los brazos hacia el cielo.

—¡De verdad que no! Es un hombre que no se siente a gusto consigo mismo, y yo pensaba que podría ayudarlo.

—¡Entonces es todavía peor de lo que creía! —dijo Reina, levantando de nuevo los brazos.

—¡Pero bueno!

—No hables tan fuerte, vas a despertar a Mathilde.

—De todas formas, es usted la que no para de decirme que necesito tener a alguien en mi vida.

—Eso, cielo, es lo que todas las madres judías les dicen a sus hijos... mientras son solteros. El día que les llevan a alguien a casa, cantan la misma canción pero con las palabras cambiadas.

—Pero, Reina, usted no es judía.

—¿Y qué?

Reina se levantó y sacó la bandeja del aparador; abrió la caja metálica y puso unas galletas en el cuenco plateado. Le ordenó a Zofia que se comiera por lo menos una, y sin rechistar, ya había sufrido bastante esperándola toda la noche.

—Siéntate y cuéntamelo todo —dijo Reina, acomodándose en el sillón.

Escuchó a Zofia sin interrumpirla, tratando de comprender las intenciones del hombre que se había cruzado varias veces en su camino. Miró a Zofia con ojos inquisitivos y sólo rompió el silencio que se había impuesto para pedirle que le pasara una galleta. Sólo tomaba después de las comidas, pero la circunstancia justificaba la asimilación inmediata de azúcares rápidos.

—Descríbemelo otra vez —dijo Reina, después de haber mordido la galleta.

A Zofia le resultaba muy divertido el comportamiento de su casera. Teniendo en cuenta lo tarde que era, habría podido poner fin a la conversación y retirarse, pero el pretexto era perfecto para saborear esos instantes preciosos en que la caricia de una voz resulta más cautivadora que la de una mano. Respondiendo lo más sinceramente posible a su interlocutora, le sorprendió no poder atribuir ni una sola cualidad al hombre con el que había pasado la velada, salvo quizá cierto ingenio en el que parecía predominar la lógica.

Reina le dio unas tiernas palmadas a Zofia en la rodilla.

—Este encuentro no es fruto del azar. Estás en peligro y ni siquiera lo sabes.

La venerable mujer se percató de que Zofia no había captado la intención de sus palabras. Se arrellanó en el sillón.

—Ya lo tienes metido en las venas, y llegará hasta tu corazón. Recogerá las emociones que has cultivado en él con tantas precauciones y después te alimentará de esperanzas. La conquista amorosa es la más egoísta de las cruzadas.

—Reina, en serio, creo que se equivoca de medio a medio.

—No, eres tú quien está equivocada. Sé que me tomas por una vieja chocha, pero ya verás como lo que digo es cierto. Cada día, cada hora que pase, te reafirmarás en tu resistencia, en tu manera de comportarte, en tus regates, pero el deseo de su presencia será mucho más fuerte que una droga. Así que no te engañes a ti misma, es todo lo que te pido. Invadirá tu mente, y nada podrá liberarte de la añoranza. Ni la razón ni el tiempo, que se habrá convertido en tu peor enemigo. La mera idea de volver a verlo, tal como tú lo imaginas, te hará vencer el más terrible de los miedos: el abandono... de él, de ti misma. Es la elección más delicada que nos impone la vida.

—¿Por qué me dice todo esto, Reina?

Reina contempló en la biblioteca el lomo de uno de sus álbumes. Unas líneas de nostalgia acababan de escribirse en su ojos.

—Porque tengo la vida a mi espalda. Una de dos: no hagas nada o hazlo todo. Sin trampas, sin falsas excusas y, sobre todo, sin compromisos.

Zofia entrelazaba los flecos de la alfombra entre sus dedos. Reina le dirigió una mirada de ternura y le acarició el cabello.

—Bueno, no pongas esa cara, parece ser que de vez en cuando las historias de amor acaban bien. Venga, ya está bien de palabras trilladas, no me atrevo ni a mirar el reloj.

Zofia cerró despacio la puerta y subió a sus habitaciones. Mathilde dormía como una bendita.

Los dos margaritas chocaron con un tintineo de cristal. Arrellanado en el sofá de su suite, Lucas presumió de preparar ese cóctel como nadie. Amy se llevó la copa a los labios y asintió con la mirada. Con una voz terriblemente acariciadora, él confesó estar celoso de los granos de sal que habían invadido su boca. Ella los hizo crujir entre los dientes y jugueteó con la lengua; la de Lucas se deslizó sobre los labios de Amy antes de adentrarse más, mucho más.

Zofia no encendió la luz. Atravesó la habitación en penumbra para acercarse a la ventana y abrirla con cuidado. Se sentó en el alféizar y contempló el mar que lamía la costa. Se llenó los pulmones del rocío que la brisa oceánica esparcía por la ciudad y miró el cielo, pensativa. No había estrellas.

Y atardeció y amaneció...

Tercer día

Intentó taparse con la colcha, pero su mano la buscó en vano. Abrió un ojo y se frotó la incipiente barba. Lucas percibió su propio aliento y se dijo que el tabaco y el alcohol hacían muy mala pareja. La pantalla del radiodespertador indicaba las seis y veintiuno. A su lado sólo había una almohada hundida. Se levantó y se dirigió completamente desnudo al saloncito. Amy, enrollada en la colcha, estaba comiéndose una manzana que había tomado del frutero.

—¿Te he despertado? —preguntó.

—Indirectamente, sí. ¿Hay café?

—Me he tomado la libertad de pedirlo al servicio de habitaciones. Me doy una ducha y me largo.

—Si no te importa —dijo Lucas—, preferiría que te ducharas en tu casa. Voy con mucho retraso.

Amy se quedó cortada. Inmediatamente fue al dormitorio y recogió sus cosas. Se vistió apresuradamente, se puso las sandalias y por el pequeño pasillo fue hacia la salida. Lucas asomó la cabeza por la puerta del cuarto de baño.

—¿No tomas café?

—No, lo tomaré también en mi casa. Gracias por la manzana.

—De nada. ¿Quieres otra?

—No, no hace falta. Encantada, y que pases un buen día.

Quitó la cadena de seguridad y empujó la manecilla. Lucas se le acercó.

—¿Puedo hacerte una pregunta?

—Adelante.

—¿Cuáles son tus flores preferidas?

—Lucas, tienes mucho gusto, pero esencialmente del malo. Tienes una manos muy hábiles y realmente he pasado una noche de muerte contigo, pero dejemos las cosas ahí.

Al salir, se topó de cara con el camarero que llevaba la bandeja con el desayuno. Lucas miró a Amy.

—¿Estás segura de que no quieres café, ahora que ya está aquí?

—Segurísima.

—No seas mala y dime lo de las flores.

Amy respiró hondo, visiblemente exasperada.

—Esas cosas no se preguntan a la interesada, hacerlo rompe todo el encanto. A tu edad, deberías saberlo.

—Pues claro que lo sé —repuso Lucas en un tono de niño enfurruñado—, pero la interesada no eres tú.

Amy giró sobre sus talones y estuvo a punto de hacer caer al camarero, que seguía esperando a la entrada de la suite. Los dos hombres, inmóviles, oyeron la voz de Amy gritar desde el fondo del pasillo:

—¡Los cactus! ¡Y puedes sentarte encima!

La siguieron con la mirada en silencio. Sonó una campanilla: había llegado el ascensor. Antes de que las puertas se cerraran, Amy añadió:

—¡Un último detalle, Lucas! ¡Vas desnudo!

—No has pegado ojo en toda la noche.

—Siempre duermo muy poco.

—Zofia, ¿qué te preocupa?

—¡Nada!

—Una amiga percibe lo que la otra no dice.

—Tengo muchísimo trabajo, Mathilde, no sé ni por dónde empezar. Temo estar desbordada, no ser capaz de estar a la altura de lo que se espera de mí.

—Es la primera vez que te veo dudar.

—Será que estamos convirtiéndonos en verdaderas amigas.

Zofia se acercó al rincón de la cocina. Pasó al otro lado de la barra y llenó de agua el hervidor eléctrico. Desde su cama, instalada en el salón, Mathilde podía ver salir el sol por la bahía bajo una ligera llovizna matinal.

—Odio octubre —dijo Mathilde.

—¿Qué te ha hecho?

—Es el mes que entierra el verano. En otoño, todo es mezquino: los días se acortan, el sol nunca sale cuando se le espera, el frío tarda en llegar, miramos los jerseys sin poder ponérnoslos aún. El otoño es un asco de estación perezosa en la que sólo hay humedad, lluvia y más lluvia.

—¡Y se supone que soy yo la que ha dormido mal!

El hervidor empezó a agitarse. Un clic interrumpió el borboteo del agua. Zofia levantó la tapadera de un bote metálico, sacó una bolsita de Earl Grey, vertió el líquido humeante en una gran taza y dejó el té en infusión. Dispuso el desayuno de Mathilde en una bandeja, recogió el periódico que Reina había pasado por debajo de la puerta, como todas las mañanas, y se lo llevó. Ayudó a su amiga a incorporarse, le arregló las almohadas y se fue al dormitorio. Mathilde abrió la ventana de guillotina. La humedad otoñal se le filtró en los huesos, provocándole un dolor punzante en la pierna que la hizo gemir.

—¡Anoche volví a ver al hombre del nenúfar! —gritó Zofia desde el cuarto de baño.

—¡Os habéis hecho inseparables! —contestó Mathilde, gritando igual de fuerte.

—¡Qué va! Estaba cenando en el mismo restaurante que yo.

—¿Con quién?

—Con una rubia.

—¿De qué tipo?

—Rubia.

—¿Y qué más?

—Del tipo «persígueme, no te costará atraparme, llevo tacones».

—¿Hablaste con él?

—Apenas cruzamos unas palabras. Me dijo que la chica era periodista y estaba haciéndole una entrevista.

Zofia se metió en la ducha. Abrió los chirriantes grifos y propinó un golpe seco a la llave. Las tuberías emitieron una serie de ruidos antes de que el agua empezara a resbalar sobre su cara y su cuerpo. Mathilde abrió el *San Francisco Chronicle* y una foto atrajo su atención.

—¡No te mintió! —dijo.

Zofia, que tenía el pelo abundantemente enjabonado, abrió los ojos. Con el dorso de la mano, intentó apartar el jabón que le producía picor, pero obtuvo el efecto contrario.

—Aunque es más bien castaña... —añadió Mathilde—, y no está nada mal.

El ruido de la ducha paró y Zofia apareció inmediatamente en el salón. Una toalla la cubría de cintura para abajo y llevaba espuma en el pelo.

—¿Cómo dices?

Mathilde contempló a su amiga.

—¡Tienes unos pechos preciosos! Me encantaría tenerlos tan firmes como tú.

Zofia se los tapó con los brazos.

—¿Qué has dicho antes?

—Lo que probablemente te ha hecho salir de la ducha sin enjuagarte —dijo, agitando el periódico.

—¿Cómo puede haberse publicado ya el artículo?

—Aparatos digitales e Internet. Concedes una entrevista, unas horas más tarde apareces en la primera página del periódico y al día siguiente sirves para envolver el pescado.

Zofia trató de arrebatarle el periódico a Mathilde, pero ésta se lo impidió.

—¡No lo toques! Estás mojada.

Mathilde se puso a leer en voz alta las primeras líneas del artículo, publicado a dos columnas, que llevaba por título LA VERDADERA ASCENSIÓN DEL GRUPO A&H, un auténtico panegírico de Ed Heurt en el que la periodista elogiaba en treinta líneas la carrera de quien indiscutiblemente había contribuido al formidable auge económico de la región. El texto terminaba diciendo que la pequeña sociedad de los años cincuenta, convertida en un gigantesco grupo, en la actualidad reposaba totalmente sobre sus hombros.

Zofia consiguió apoderarse del diario y acabó de leer la crónica encabezada por un pequeña foto en color y firmada por Amy Steven. Luego lo dobló sin poder reprimir una sonrisa.

—Es rubia —dijo.

—¿Vais a volver a veros?

—He aceptado comer con él.

—¿Cuándo?

—El martes.

—¿A qué hora?

Lucas pasaría a buscarla hacia las doce, respondió Zofia. Mathilde señaló entonces con el dedo la puerta del cuarto de baño, meneando la cabeza.

—O sea, dentro de dos horas.

—¿Estamos a martes? —preguntó Zofia, recogiendo apresuradamente sus cosas.

—Eso es lo que pone en el periódico.

Zofia salió de la habitación unos minutos más tarde. Llevaba unos vaqueros y un jersey de malla gruesa, y se presentó delante de su amiga buscando, sin confesarlo, un cumplido. Mathilde le echó un vistazo y volvió a sumergirse en la lectura.

—¿Qué falla? ¿No hacen juego los colores? Son los vaqueros, ¿no? —preguntó Zofia.

—Hablaremos de eso cuando te hayas enjuagado el

pelo —dijo Mathilde, hojeando las páginas de la programación televisiva.

Zofia se miró en el espejo colgado sobre la chimenea. Se quitó la ropa y volvió a entrar, con la cabeza gacha, en el cuarto de baño.

—Es la primera vez que te veo preocupada por cómo vas vestida... Intenta decirme que no te gusta, que no es tu tipo, que es demasiado «grave»... Sólo para ver cómo lo dices... —añadió Mathilde.

Unos suaves golpes en la puerta precedieron la entrada de Reina. Iba cargada con un cesto de verduras y una caja de cartón con un lazo que delataba su dulce contenido.

—Parece que el tiempo está hoy muy indeciso —dijo, colocando las pastas en un plato.

—Parece que no es el único —contestó Mathilde.

Reina se volvió cuando Zofia salió del cuarto de baño, esta vez con el pelo muy ahuecado. Terminó de abrocharse los pantalones y se ató los cordones de las zapatillas de deporte.

—¿Vas a salir? —preguntó Reina.

—He quedado para comer —respondió Zofia, dándole un beso en la mejilla.

—Yo le haré compañía a Mathilde, si me acepta. Y aunque se aburra conmigo, también, porque yo me aburro todavía más que ella sola ahí abajo.

En la calle sonaron varios toques de claxon. Mathilde se asomó a la ventana.

—Es martes, confirmado —dijo.

—¿Es él? —preguntó Zofia sin acercarse a la ventana.

—¡No, es Federal Express! Ahora entregan los paquetes en Porsche descapotable. Desde que reclutaron a Tom Hanks, no se arredran ante nada.

El timbre sonó dos veces. Zofia besó a Reina y a Mathilde, salió de la habitación y bajó deprisa la escalera.

Lucas, sentado ante el volante, se quitó las gafas de sol y le dedicó una generosa sonrisa. En cuanto Zofia cerró su puerta, el descapotable se lanzó hacia las colinas de Pacific Heights. El coche entró en Presidio Park, lo atravesó y tomó la carretera que conducía al Golden Gate. Al otro lado de la bahía, las colinas de Tiburon emergían con dificultad de la bruma.

—¡Voy a llevarla a comer a la orilla del mar! —gritó Lucas—. ¡Los mejores cangrejos de la región! Le gustan los cangrejos, ¿verdad?

Zofia, por educación, asintió. La ventaja de no necesitar alimentarse es que uno puede elegir sin ninguna dificultad lo que no va a comer.

Soplaba un aire cálido, el asfalto desfilaba en un trazo continuo bajo las ruedas del coche y la música que sonaba por la radio era deliciosa. El instante presente lo tenía todo para ser un momento de felicidad que sólo había que compartir. El coche salió de la carretera principal para adentrarse en una más pequeña, con curvas, que conducía hasta el puerto pesquero de Sausalito. Lucas estacionó en el aparcamiento que había frente al espigón. Rodeó el vehículo y le abrió la puerta a Zofia.

—Si tiene la bondad de acompañarme...

Le tendió el brazo y la ayudó a bajar. Caminaron por la acera que bordeaba el mar. Al otro lado de la calle, un magnífico golden retriever con el pelaje de color arena llevaba de la correa a su amo. Al pasar a su altura, el hombre miró a Zofia y se dio de narices contra una farola.

Ella hizo ademán de cruzar para ayudarlo, pero Lucas la retuvo por el brazo: ese tipo de perro estaba especializado en salvamentos. La arrastró hasta el interior del establecimiento. La camarera los acompañó a una mesa de la terraza y anotó dos menús. Lucas invitó a Zofia a sentarse en la silla que quedaba de cara al mar y pidió un vino blanco de aguja. Ella separó un trocito de pan para echárselo a una gaviota que la miraba desde la barandilla.

El pájaro atrapó el pan al vuelo, echó a volar y cruzó la bahía con un amplio batir de alas.

A unos kilómetros de allí, en la otra orilla, Jules recorría los muelles. Se acercó al borde del agua y le dio una patada a una piedra, que rebotó siete veces antes de hundirse. Se metió las manos en los bolsillos de su viejo pantalón de *tweed* y miró la línea de la orilla opuesta, que se recortaba en el agua. Tenía una expresión tan turbia como el mar, y su estado de ánimo estaba igual de agitado. El coche del inspector Pilguez, que subía desde el Fisher's Deli hacia la ciudad con la sirena puesta, lo sacó de sus cavilaciones. Una riña había acabado en un grave disturbio en Chinatown y estaban llamando a todas las unidades para que acudieran como refuerzo. Jules frunció el entrecejo y regresó mascullando bajo su arco. Sentado sobre una caja de madera, reflexionó: algo lo contrariaba. Una hoja de periódico transportada por el viento se posó sobre un charco, justo delante de él. Se empapó de agua y, poco a poco, apareció la foto de Lucas reproducida en el reverso. A Jules no le gustó nada el escalofrío que acababa de recorrerle la espalda.

La camarera dejó en la mesa una marmita humeante de la que sobresalían pinzas de cangrejo. Lucas sirvió a Zofia y echó un vistazo a los baberos que acompañaban el lavafrutas. Le ofreció uno, pero ella lo rechazó. Lucas también renunció a atarse uno alrededor del cuello.

—Tengo que reconocer que no es un complemento que siente muy bien. ¿No come? —preguntó.

—No, creo que no.

—¡Es vegetariana!

—La idea de comer animales siempre me resulta un poco rara.

—Forma parte del orden de las cosas, no tiene nada de raro.

—¡Un poco sí!

—Todas las criaturas de la Tierra se comen a otras para sobrevivir.

—Sí, pero a mí los cangrejos no me han hecho nada. Lo siento —dijo, apartando el plato, que a todas luces le repugnaba.

—Está equivocada. Así es como la naturaleza quiere que sea. Si las arañas no se alimentaran de insectos, los insectos se nos comerían a nosotros.

—Exacto, y los cangrejos son como arañas grandes, así que hay que dejarlos tranquilos.

Lucas se volvió y llamó a la camarera. Pidió la carta de postres e indicó, muy cortésmente, que habían terminado.

—No pretendo impedirle comer a usted —dijo Zofia, poniéndose colorada.

—¡Ha hecho que me solidarice con la causa del crustáceo!

Lucas abrió la carta y señaló con el dedo una tarta de chocolate.

—Con esto, creo que sólo nos haremos daño a nosotros mismos. ¡Debe de tener mil calorías como mínimo!

Zofia, deseosa de poner a prueba lo acertado de su intuición sobre los Ángeles Verificadores, interrogó sobre sus verdaderas funciones a Lucas, que eludió responder. Había otros asuntos más interesantes que le apetecía compartir con ella; para empezar, qué hacía aparte de velar por la seguridad del puerto mercante. ¿A qué dedicaba su tiempo libre? La expresión «tiempo libre», dijo ella, le resultaba desconocida. Aparte de las horas que pasaba en los muelles, trabajaba en varias asociaciones, enseñaba en el instituto para personas con trastornos de visión y se ocupaba de ancianos y niños hospitalizados. Le gustaba su compañía, algo mágico los unía. Los niños y los ancianos veían lo que muchos hombres ignoraban: el tiempo perdido siendo adultos. Para ella, las arrugas de la vejez formaban la escritura más bella de la vida, aquella en la que los niños aprendían a leer sus sueños.

Lucas la miró, fascinado.

—¿De verdad hace todo eso?

—Sí.

—Pero ¿por qué?

Zofia no respondió. Lucas bebió el último sorbo de café simulando aplomo y pidió otro. Se lo tomó con toda la calma del mundo, sin importarle si se enfriaba ni si el cielo gris se oscurecía todavía más. Hubiera querido que aquella conversación no se acabara, por lo menos aún no. Le propuso a Zofia dar un paseo por la orilla del mar. Ella se subió el cuello del jersey y se levantó. Le dio las gracias por la tarta; era la primera vez que probaba el chocolate y había descubierto que tenía un sabor increíble. Lucas le dijo que estaba convencido de que se burlaba de él, pero, por la expresión alegre que le dirigió la joven, supo que no le mentía. Otra cosa lo desconcertó todavía más; en ese preciso instante, Lucas leyó algo increíble en el fondo de los ojos de Zofia: no mentía nunca. Por primera vez, lo asaltó la duda y se quedó boquiabierto.

—Lucas, no sé lo que he dicho, pero, como no haya ninguna araña, corre un gran peligro.

—Perdón...

—Si sigue con la boca así de abierta, acabará por comerse una mosca.

—¿No tiene frío? —dijo Lucas irguiéndose, más tieso que un palo.

—No, estoy bien, pero si nos ponemos en marcha estaré mejor.

La playa estaba prácticamente desierta. Una inmensa gaviota parecía correr sobre el agua tratando de alzar el vuelo. Sus patas se separaron del agua y arrancaron un poco de espuma de la cresta de las olas. El pájaro echó por fin a volar, describió con lentitud una curva y se alejó indolentemente por el rayo de luz que atravesaba la capa de nubes. El batir de alas se fundió con el chapaleteo del agua. Zofia se inclinó, luchando contra el viento que soplaba a ráfagas y levantaba arena. Un ligero estremecimiento le recorrió el cuerpo. Lucas se quitó la chaqueta para ponérsela sobre los hombros. El aire cargado de rocío le azotaba las mejillas. Una inmensa sonrisa le iluminó el rostro, como una última muralla a la risa que la invadía, una risa sin motivo, sin razón aparente.

—¿De qué se ríe? —preguntó Lucas, intrigado.

—No tengo ni la menor idea.

—Pues no pare, le sienta de maravilla.

Empezó a caer una fina lluvia que sembró la playa de pequeños cráteres.

—Mire —dijo Zofia—, parece la Luna, ¿verdad?

—Sí, un poco.

—De repente se ha puesto triste.

—Me gustaría que el tiempo se detuviese.

Zofia bajó los ojos y echó a andar.

Lucas se volvió de cara a ella y continuó caminando de espaldas, adelantándose a los pasos de Zofia, que se divertía poniendo meticulosamente los pies encima de sus huellas.

—No sé cómo decir estas cosas —confesó con una expresión infantil.

—Entonces, no diga nada.

El viento alborotó el cabello de Zofia delante de su cara y ella se lo retiró hacia atrás. Un fino mechón se había enredado en su largas pestañas.

—¿Puedo? —dijo él, acercando la mano.

—Es curioso, parece haberse vuelto tímido de repente.

—No me había dado cuenta.

—Pues siga así..., le sienta muy bien.

Lucas se acercó a Zofia y la expresión de sus rostros cambio. Ella sintió en el pecho algo que no poseía: «Un ínfimo latido que le retumbaba hasta en las sienes.» Los dedos de Lucas temblaban delicadamente, reteniendo la promesa de una caricia frágil que depositó en la mejilla de Zofia.

—Ya está —dijo él.

Un relámpago desgarró el oscuro cielo; el trueno rugió y una pesada lluvia empezó a caer sobre ellos.

—Me gustaría volver a verla —dijo Lucas.

—A mí también. Quizás en un ambiente un poco más seco, pero a mí también —contestó Zofia.

Lucas le pasó un brazo por los hombros y la llevó corriendo hacia el restaurante. La terraza de madera pintada de blanco se había quedado vacía. Se refugiaron bajo el sobradillo de tejas de pizarra y miraron juntos el agua que salía por el canalón. Sobre la barandilla, la gaviota glotona los observaba sin importarle el chaparrón. Zofia se agachó y cogió un trozo de pan mojado. Lo escurrió y lo lanzó a lo lejos. El animal se alejó hacia el mar con la boca llena.

—¿Cómo volveré a verla? —preguntó Lucas.

—¿De qué mundo viene?

Él vaciló.

—¡Algo así como el infierno!

Zofia vaciló también, lo miró de hito en hito y sonrió.

—Es lo que suelen decir los que han vivido en Manhattan cuando llegan aquí.

La tormenta se acercaba y ya casi había que gritar para oírse. Zofia tomó a Lucas de la mano y le dijo con dulzura:

—Primero se pondrá en contacto conmigo. Me preguntará qué tal estoy y, durante la conversación, me propondrá que nos veamos. Yo le contestaré que tengo trabajo, que estoy ocupada; entonces usted sugerirá otro día y yo le diré que ése me va de maravilla, porque precisamente acabaré de anular algo.

Otro relámpago cruzó el cielo, que se había puesto negro. En la playa, el viento soplaba con fuerza. Parecía el fin del mundo.

—¿No cree que deberíamos ponernos más a resguardo? —preguntó Zofia.

—¿Cómo está? —dijo Lucas por toda respuesta.

—Bien. ¿Por qué? —repuso ella, sorprendida.

—Porque me habría gustado invitarla a pasar la tarde conmigo..., pero no está libre, tiene trabajo, está ocupada. ¿Qué le parece cenar esta noche?

Zofia sonrió. Él desplegó su abrigo para cubrirla y la condujo así hasta el coche. El mar embravecido inundaba la acera desierta. Lucas rodeó el vehículo con Zofia. Le costó abrir la portezuela debido a los embates del viento. El ruido ensordecedor de la tormenta quedó amortiguado una vez que estuvieron dentro y se pusieron en camino bajo la intensa lluvia. Lucas dejó a Zofia delante de un garaje, tal como ella le había pedido. Antes de despedirse, consultó el reloj. Ella se acercó a su ventanilla.

—Tengo una cena, pero intentaré anularla. Lo llamaré al móvil.

Él sonrió y arrancó. Zofia lo siguió con la mirada hasta que el coche desapareció en el río de vehículos de la avenida Van Ness.

Fue a pagar la recarga de la batería y los gastos de remolcar el coche. Cuando se adentró en Broadway, la tormenta había pasado. El túnel desembocaba directamente en el corazón del barrio de prostitutas. En un paso de cebra, vio a un carterista que se disponía a abalanzarse sobre su víctima. Aparcó en doble fila, bajó del Ford y corrió hacia él.

Abordó sin contemplaciones al hombre, que dio un paso atrás: su actitud era amenazadora.

—Es una mala idea —dijo Zofia, señalando con el dedo a la mujer del maletín, que se alejaba.

—¿Eres poli?

—¡No es ésa la cuestión!

—¡Entonces, esfúmate, gilipollas!

Y echó a correr a toda velocidad hacia su presa. Mientras se acercaba a ella, se torció un tobillo y cayó todo lo largo que era al suelo. La chica, que había montado en un Cablecar,* no se dio cuenta de nada. Zofia esperó a que el hombre se levantara para regresar a su vehículo.

Al abrir la portezuela, se mordió el labio inferior, descontenta de sí misma. Algo había interferido en sus intenciones. Había alcanzado el objetivo, pero no como ella hubiera querido: razonar con el agresor no había sido suficiente. Reanudó su camino y se dirigió a los muelles.

—¿Tengo que aparcarle el coche, señor?

Lucas se sobresaltó. Levantó la cabeza y miró al aparcacoches, que lo observaba con una expresión extraña.

—¿Por qué me mira así?

—Lleva más de cinco minutos dentro del coche sin moverse, así que me preguntaba...

—¿Qué se preguntaba?

—Creía que no se encontraba bien, sobre todo cuando ha apoyado la cabeza en el volante.

—Pues no crea nada y se evitará un montón de decepciones.

Lucas salió del descapotable y le lanzó las llaves al chico. Cuando las puertas del ascensor se abrieron, se encontró con Elizabeth, que se inclinó hacia él para saludarlo. Lucas dio inmediatamente un paso atrás.

—Ya me saludó esta mañana, Elizabeth —dijo, haciendo una mueca.

* El tranvía de San Francisco.

—Tenía razón en lo de los caracoles, son deliciosos. ¡Que tenga un buen día!

Las puertas de la cabina se abrieron en la novena planta y ella desapareció por el pasillo.

Ed recibió a Lucas con los brazos abiertos.

—¡Ha sido una bendición haberlo conocido, querido Lucas!

—Puede decirse así —dijo Lucas, cerrando la puerta del despacho.

Avanzó hacia el vicepresidente y se sentó en un sillón. Heurt agitó el *San Francisco Chronicle*.

—Vamos a hacer grandes cosas juntos.

—No lo dudo.

—No tiene buen aspecto.

Lucas suspiró. Ed percibió su exasperación y agitó de nuevo la página del periódico en la que figuraba el escrito de Amy.

—¡Un artículo fantástico! Yo no lo hubiera hecho mejor.

—¿Ya se ha publicado?

—Esta mañana, tal como me había prometido. Esta Amy es un encanto, ¿verdad? Ha debido de pasarse toda la noche trabajando.

—Sí, algo así.

Ed señaló con el dedo la foto de Lucas.

—Soy idiota. Debería haberle dado una foto mía, pero no importa, usted ha quedado muy bien.

—Gracias.

—¿Está seguro de que se encuentra bien, Lucas?

—Sí, señor presidente, muy bien.

—No sé si mi instinto me engaña, pero lo noto a usted un poco raro. —Ed destapó la botella de cristal, le sirvió un vaso de agua a Lucas y añadió con un aire falsamente compasivo—: Si tiene problemas, aunque sean de tipo personal, puede confiar en mí. ¡Somos una gran empresa, pero ante todo una gran familia!

—¿Quería verme para algo, señor presidente?

—¡Llámeme Ed!

Heurt comentó, extasiado, su cena de la víspera, que se había desarrollado mucho mejor de lo que esperaba. Había informado a sus colaboradores de su intención de fundar en el seno del grupo un nuevo departamento al que llamaría División de Innovaciones. La finalidad de esta nueva unidad sería preparar herramientas comerciales inéditas para conquistar nuevos mercados. Lo dirigiría Ed; esa experiencia sería para él como una cura de rejuvenecimiento. Echaba de menos la acción. Mientras él hablaba, varios subdirectores ya se frotaban las manos ante la idea de formar la nueva guardia pretoriana del futuro presidente. Decididamente, Judas no envejecería nunca..., incluso era capaz de multiplicarse, pensó Lucas. Heurt finalizó su relato diciendo que cierto grado de competencia con su socio no podía ser perjudicial, sino todo lo contrario, que una aportación de oxígeno siempre resulta beneficiosa.

—¿Está de acuerdo conmigo, Lucas?

—Absolutamente de acuerdo —respondió él, asintiendo con la cabeza.

Lucas estaba en la gloria: las intenciones de Heurt superaban en mucho sus esperanzas y permitían presagiar el éxito de su plan. En el 666 de la calle Market, la atmósfera del poder no tardaría en enrarecerse. Los dos hombres hablaron sobre la reacción de Antonio. Era más que probable que su socio se opusiera a sus nuevas ideas. Hacía falta una acción decidida para lanzar su división, pero preparar una operación de envergadura no era una cosa fácil y exigía mucho tiempo, recordó Heurt. El vicepresidente soñaba con un mercado prestigioso que legitimara el poder que quería conquistar. Lucas se levantó, puso delante de Ed la carpeta que llevaba bajo el brazo y la abrió para sacar un grueso documento.

La zona portuaria de San Francisco se extendía a lo

largo de muchos kilómetros, bordeando prácticamente toda la costa este de la ciudad, y estaba en constante transformación. La actividad de los muelles se mantenía a pesar de que el mundo inmobiliario había dado la batalla para que se autorizara la ampliación del puerto recreativo y se recalificaran los terrenos que estaban frente al mar, los más cotizados de la ciudad. Los pequeños veleros habían encontrado amarre en otro puerto deportivo, una victoria de los mismos promotores, que habían logrado desplazar su batalla un poco más al norte. La creación de esa unidad residencial había sido codiciada por los medios empresariales y las casas se habían vendido a precio de oro. Más tarde habían construido también gigantescas terminales que acogían a los inmensos barcos. Los ríos de pasajeros que bajaban seguían un nuevo paseo que los conducía al muelle 39. La zona turística había fomentado la apertura de multitud de comercios y restaurantes. Las múltiples actividades de los muelles eran fuente de enormes beneficios y de ásperas luchas de intereses. Desde hacía diez años, el director inmobiliario de la zona portuaria cambiaba cada quince meses, un indicio de las guerras de influencia que se desarrollaban sin parar en torno a la adquisición y la explotación de las costas de la ciudad.

—¿Adónde quiere ir a parar? —preguntó Ed.

Lucas sonrió maliciosamente y desplegó un plano. En una esquina se podía leer: Puerto de San Francisco, Muelle 80.

—¡Hay que atacar este último bastión!

El vicepresidente quería un trono y Lucas le ofrecía una auténtica ceremonia de coronación.

Se sentó de nuevo para exponer su plan. La situación de los muelles era precaria. El trabajo era duro y muchas veces incluso peligroso, y los cargadores tenían un temperamento fogoso. Una huelga podía propagarse más deprisa que un virus. Lucas ya se había encargado de hacer lo necesario para caldear el ambiente.

—No entiendo de qué nos sirve eso —dijo Ed, bostezando.

Lucas prosiguió con una actitud de indiferencia:

—Mientras las empresas de logística y de flete paguen sus salarios y sus alquileres, nadie se atreverá a desalojarlas. Pero eso podría cambiar con una gran rapidez. Bastaría una nueva paralización de la actividad.

—La dirección del puerto no irá nunca en esa dirección. Vamos a encontrar demasiada resistencia.

—Eso depende de las corrientes de influencia —dijo Lucas.

—Tal vez —repuso Heurt, balanceando la cabeza—, pero, para un proyecto de esa envergadura, necesitaríamos apoyos en lo más alto.

—¡Precisamente a usted no hace falta explicarle cómo se tira de los hilos del *lobby*! El director inmobiliario del puerto está a punto de ser sustituido. Estoy seguro de que mostraría un grandísimo interés por una prima como despedida.

—¡No sé de qué habla!

—¡Ed, usted podría haber sido el inventor de la cola en la solapa de los sobres que circulan por debajo de las mesas! —El vicepresidente se irguió en el sillón, sin saber si debía sentirse halagado por ese comentario. Mientras se dirigía hacia la puerta, Lucas le dijo a su jefe—: En la carpeta azul encontrará también una ficha con información detallada sobre nuestro candidato a una sustanciosa jubilación. Pasa todos los fines de semana en el lago Tahoe y está endeudado hasta el cuello. Arrégleselas para conseguirme cuanto antes una cita con él. Imponga un lugar muy confidencial y déjeme a mí hacer el resto.

Heurt hojeó con nerviosismo los folios del informe. Miró a Lucas, estupefacto, y frunció el entrecejo.

—¿En Nueva York se dedicaba a la política?

La puerta se cerró.

El ascensor estaba en aquella planta, pero Lucas dejó

que se marchara vacío. Sacó el móvil, lo conectó y marcó febrilmente el número de su buzón de voz. «No tiene ningún mensaje nuevo», repitió dos veces la voz de robot. Colgó y pulsó una tecla hasta llegar a la pantalla de mensajes: estaba vacía. Desconectó el aparato y se metió en el ascensor. Cuando bajó en la planta del aparcamiento, reconoció que algo que no acababa de identificar lo turbaba: «Un ínfimo latido en el pecho que le retumbaba hasta en las sienes.»

Hacía dos horas que duraba el conciliábulo. Las repercusiones de la caída de Gómez al fondo de la bodega del *Valparaíso* estaban adquiriendo unas proporciones inquietantes. El hombre seguía en reanimación. Manca llamaba al hospital cada hora para preguntar por su estado, pero el diagnóstico seguía siendo reservado. Si el cargador moría, nadie podría controlar la cólera que rugía sordamente en los muelles. El jefe del sindicato de la costa oeste se había desplazado hasta allí para asistir a la reunión. Se levantó para servirse otra taza de café. Zofia aprovechó la circunstancia para abandonar discretamente la sala donde se desarrollaban las discusiones. Salió del edificio y se alejó unos pasos para esconderse detrás de un contenedor. A salvo de miradas indiscretas, marcó un número. El mensaje del contestador era breve: «Lucas.» Inmediatamente después sonaba la señal.

—Soy Zofia. Esta noche estoy libre. Llámeme para decirme cómo quedamos. Hasta luego.

Al colgar, miró su teléfono móvil y, sin saber muy bien por qué, sonrió.

A última hora de la tarde, los delegados habían pospuesto por unanimidad el momento de tomar una decisión. Necesitaban tiempo para ver las cosas con más claridad. La comisión de investigación no publicaría su informe sobre las causas del accidente hasta muy entrada la noche y el Memorial de San Francisco también esperaba el examen médico de la mañana para pronunciarse sobre las posibilidades de supervivencia del cargador. En consecuencia, se levantó la sesión y fue aplazada hasta el día siguiente. Manca convocaría a los miembros de la junta en cuanto recibiera los dos informes, e inmediatamente después se celebraría una asamblea general.

Zofia necesitaba tomar el aire. Se concedió unos minutos de descanso para caminar por el muelle. A unos pasos, la proa oxidada del *Valparaíso* se balanceaba en un extremo de las amarras; el barco estaba encadenado como un animal de mal agüero. La sombra del gran carguero se reflejaba intermitentemente en las manchas oleosas que ondulaban a capricho del agua. Hombres uniformados iban y venían a lo largo de las crujías, realizando toda clase de inspecciones. El comandante del buque los observaba, apoyado en la barandilla de su atalaya. A juzgar por la forma en que lanzó el cigarrillo por encima de la borda, era de temer que las horas siguientes serían todavía más movidas que las aguas en las que había caído la colilla. La voz de Jules rompió la soledad del lugar donde reinaban los graznidos de las gaviotas.

—No entran ganas de darse un chapuzón, ¿verdad? ¡A no ser que sea el definitivo!

Zofia se volvió y lo miró con ternura. Sus ojos azules estaban apagados, llevaba una barba indecorosa y unas ropas gastadas, pero la indigencia no le restaba un ápice de encanto. Aquel hombre llevaba la elegancia en el fondo del corazón. Jules había hundido las manos en los bolsillos de su viejo pantalón de *tweed* con motivos de cuadros.

—Es príncipe de Gales, pero creo que hace bastante tiempo que el príncipe hizo las maletas.

—¿Y la pierna?

—Digamos que sigue aguantando al lado de la otra y que eso ya es mucho.

—¿Ha ido a que le cambien el vendaje?

—¿Y tú? ¿Cómo estás?

—Me duele un poco la cabeza. Esa reunión no se acababa nunca.

—¿También te duele un poco el corazón?

—No. ¿Por qué?

—Porque a las horas a las que últimamente paseas por aquí, dudo mucho que vengas para tomar el sol.

—Estoy bien, Jules, sólo tenía ganas de tomar un poco de aire fresco.

—Y el más fresco que has encontrado ha sido en una dársena que apesta a pescado podrido. Pero supongo que tienes razón: ¡estás muy bien!

Los hombres que inspeccionaban el viejo barco bajaron por la escala del portalón. Montaron en dos Ford negros (cuyas portezuelas no hicieron ningún ruido al cerrarse) y se alejaron lentamente hacia la salida de la zona portuaria.

—Si pensabas hacer fiesta mañana, olvídate. Me temo que será un día más agitado aún que de costumbre.

—Yo también.

—Bueno, ¿dónde nos habíamos quedado?

—En el momento en que yo iba a discutir con usted para llevarlo a que le cambien el vendaje. Espere aquí, voy a buscar el coche.

Zofia se alejó sin darle oportunidad de replicar.

—¡Tramposa! —masculló Jules.

Después de haber acompañado a Jules de vuelta al muelle, Zofia se marchó a casa. Conducía con una mano mientras buscaba el móvil con la otra. Debía de estar perdido en el fondo de su gran bolso, y como no lo encontraba, el primer semáforo se puso en rojo. Cuando se detuvo, volcó el contenido del bolso en el asiento de al lado y recuperó el aparato de un confuso montón de cosas.

Lucas había dejado un mensaje: pasaría por su casa a buscarla a las siete y media. Zofia consultó el reloj; le quedaban exactamente cuarenta y siete minutos para llegar, saludar a Mathilde y a Reina y cambiarse. Por una vez, y sin que sirviera de precedente..., se inclinó, abrió la guantera y colocó el girofaro azul sobre el techo del vehículo. Con la sirena puesta, subió por la calle Tercera a toda velocidad.

Lucas se disponía a salir del despacho. Tomó la gabardina colgada en un perchero y se la puso sobre los hombros. Al apagar la luz, la ciudad apareció en blanco y negro detrás del ventanal. Ya iba a cerrar la puerta cuando sonó el teléfono. Volvió sobre sus pasos para responder a la llamada. Ed lo informó de que la cita que había solicitado sería a las siete y media en punto. En la penumbra, Lucas escribió la dirección en un trozo de papel.

—Le llamaré en cuanto haya encontrado un terreno de entendimiento con nuestro interlocutor.

Lucas colgó sin más comentarios y se acercó al ventanal. Miraba las calles que se extendían abajo. Desde aquella altura, las hileras de luces blancas y rojas de los faros de los coches dibujaban una inmensa telaraña que titilaba en la noche. Lucas apoyó la frente en el cristal; delante de su boca se formó un círculo de vaho en cuyo centro parpadeaba un puntito de luz azul.

Zofia apagó la sirena y guardó el girofaro; había un sitio libre delante de la puerta de su casa y se apresuró a aparcar. Subió los escalones de cuatro en cuatro y entró en sus habitaciones.

—¿Te persigue alguien? —preguntó Mathilde.

—¿Cómo?

—¡Ah, pero si puedes hablar! ¡Si te vieras la cara!

—Voy a arreglarme, se me ha hecho tardísimo. ¿Qué tal has pasado el día?

—A la hora de comer, he hecho una carrera con Carl Lewis y le he ganado.

—¿Te has aburrido mucho?

—Han pasado sesenta y cuatro coches por tu calle. Diecinueve eran verdes.

Zofia se acercó a ella y se sentó a los pies de la cama.

—Haré todo lo posible para volver más pronto mañana.

Mathilde miró de reojo el reloj que estaba sobre el velador y meneó la cabeza.

—No quiero meterme en lo que no me importa...

—Voy a salir, pero no volveré tarde. Si no estás dormida, podremos hablar —dijo Zofia, levantándose.

—¿Hablarás tú o lo haré yo? —murmuró Mathilde mientras la veía desaparecer en el dormitorio.

Zofia reapareció diez minutos más tarde en el salón. Una toalla envolvía sus cabellos mojados y otra su cuerpo, todavía húmedo. Dejó una bolsa de aseo sobre la repisa de la chimenea y se acercó al espejo.

—¿Vas a cenar con Lu? —preguntó Mathilde.

—¿Ha telefoneado?

—No, qué va.

—Entonces, ¿cómo lo sabes?

—Pura intuición.

Zofia se volvió hacia Mathilde con aire decidido y puso los brazos en jarras.

—¿Has intuido, así sin más, que voy a cenar con Lucas?

—Si no me equivoco, lo que tienes en la mano derecha se llama rímel, y lo que tienes en la izquierda es una brocha para aplicar colorete.

—No veo la relación.

—¿Quieres que te dé una pista? —dijo Mathilde en tono irónico.

—Me harías muy feliz —contestó Zofia, ligeramente irritada.

—Eres mi mejor amiga desde hace más de dos años... —Zofia inclinó la cabeza hacia un lado y una generosa sonrisa iluminó el rostro de Mathilde—. Bueno..., y es la primera vez que te veo maquillarte.

Zofia se volvió hacia el espejo sin responder. Mathilde sostuvo con indolencia el suplemento de los programas de televisión y se puso a leerlo por sexta vez en el día.

—No tenemos tele —dijo Zofia, extendiendo delicadamente con el dedo un poco de brillo de labios.

—Mejor, me horroriza —contestó Mathilde inmediatamente, pasando la página.

Dentro del bolso que Zofia había dejado sobre la cama de Mathilde sonó un teléfono.

—¿Quieres que conteste? —preguntó ésta con voz inocente.

Zofia se precipitó sobre el bolso y metió la mano. Sacó el aparato y se fue a la otra punta de la habitación.

—No, no quieres —masculló Mathilde, consultando la programación del día siguiente.

Lucas lo sentía muchísimo, se le había hecho tarde y no podía pasar a buscarla. Tenían reservada una mesa a las ocho y media en el último piso del edificio del Bank of America, en la calle California. El restaurante de tres tenedores a cuyos pies se veía la ciudad ofrecía una magnífica vista del Golden Gate. Se reunirían allí. Zofia colgó, fue a la cocina y abrió el frigorífico. Mathilde oyó la voz cavernosa de su amiga preguntarle, con la cabeza medio metida en la nevera:

—¿Qué te apetece? Tengo un poco de tiempo para prepararte algo de cenar.

—Un combinado «tortilla-ensalada-yogur».

Un rato después, Zofia sacó el abrigo del ropero, le dio un beso a Mathilde y cerró con suavidad la puerta.

Se sentó al volante del Ford. Antes de arrancar, bajó la visera y se miró unos segundos en el espejo. Con un mohín dubitativo, la levantó e hizo girar la llave de contacto. Cuando el coche desapareció al final de la calle, la cortina de la ventana de Reina cayó despacio sobre el cristal.

Zofia dejó el vehículo a la entrada del aparcamiento y le dio las gracias al aparcacoches con librea roja que le tendía un resguardo.

—Me gustaría ser el hombre con el que va a cenar —dijo el joven.

—Muchas gracias —dijo ella, sonrojada y feliz.

La puerta giratoria se movió y Zofia apareció en el vestíbulo. Tras el cierre de las oficinas, sólo quedaban abiertos al público el bar, en la planta baja, y el restaurante panorámico, en el último piso. Se dirigía con decisión al ascensor cuando notó una peculiar sensación de sequedad en la boca. Por primera vez, Zofia tenía sed. Consultó la hora en su reloj y comprobó que había llegado con diez minutos de antelación. Al ver la barra de cobre detrás de la cristalera de la cafetería, cambió de dirección. Se disponía a entrar en el local cuando reconoció el perfil de Lucas, sentado a una mesa y hablando con el director de los servicios inmobiliarios del puerto. Retrocedió, confusa, y volvió hacia el ascensor.

Poco después, Lucas se dejaba guiar por el *maître* hasta la mesa donde Zofia lo esperaba. Ella se levantó, él le besó la mano y la invitó a sentarse de cara al exterior.

Durante la cena, Lucas hizo cientos de preguntas a las que Zofia contestó con otras tantas. Él saboreaba con deleite el menú gastronómico; ella no tocaba la comida, se limitaba a apartarla delicadamente hacia los bordes del plato. Las interrupciones del camarero les parecía que duraban minutos eternos. Cuando éste se acercó otra vez, armado con un recogemigas que parecía una hoz barbuda, Lucas se sentó al lado de Zofia y sopló con fuerza sobre el mantel.

—¡Ya está limpio! Puede retirarse, muchas gracias —le dijo al camarero.

La conversación se reanudó de inmediato. Lucas apoyó el brazo en el respaldo del asiento y Zofia notó el calor de su mano, muy cerca de su nuca.

El camarero se acercó de nuevo, provocando la indignación de Lucas, y depositó ante ellos dos cucharas y una tarta caliente de chocolate. Hizo girar el plato para presentárselo, se puso más tieso que un palo y anunció con orgullo su contenido.

—Ha hecho bien en precisarlo —dijo Lucas, irritado—, si no, habríamos podido confundirlo con un *soufflé* de zanahorias.

El camarero se alejó discretamente. Lucas se inclinó hacia Zofia.

—No has comido nada.

—Como muy poco —contestó ella, bajando la cabeza.

—Pruébalo para complacerme. El chocolate es un trozo de paraíso en la boca.

—¡Y un infierno para las caderas! —repuso ella.

Lucas no le dejó elección, tomó una cucharada de tarta, se la acercó a la boca y depositó el chocolate caliente sobre su lengua. En el pecho de Zofia, los latidos eran cada vez más fuertes, y ella ocultó su miedo en el fondo de los ojos de Lucas.

—Está caliente y frío a la vez, y dulce —dijo.

La bandeja que llevaba el sumiller se inclinó ligeramente y la copa de coñac resbaló. Cuando chocó contra el suelo, se rompió en siete trozos, todos idénticos. Toda la sala se calló, Lucas carraspeó y Zofia rompió el silencio.

Todavía tenía dos preguntas que hacerle a Lucas, pero le pidió que le prometiera que respondería a ellas sin rodeos y él lo hizo.

—¿Qué hacías con el director inmobiliario del puerto?

—Es extraño que me preguntes eso.

—Habíamos dicho sin rodeos.

Lucas miró fijamente a Zofia, que había apoyado una mano en la mesa. Él acercó la suya.

—Era una cita profesional, igual que la otra vez.

—No es una verdadera respuesta, pero se anticipa a mi segunda pregunta. ¿A qué te dedicas? ¿Para quién trabajas?

—Podría decirse que cumplo una misión.

Los dedos de Lucas tamborilearon nerviosamente sobre el mantel.

—¿Qué tipo de misión? —insistió Zofia.

Lucas apartó un instante los ojos de Zofia; una mirada había desviado su atención. Acababa de ver al fondo de la sala a Blaise, con su maligna sonrisa en la comisura de los labios.

—¿Qué ocurre? —preguntó Zofia—. ¿No te encuentras bien?

Lucas se había transformado. Zofia apenas reconocía al hombre con el que había compartido esa velada rica en sentimientos inéditos.

—No me hagas ninguna pregunta —dijo—. Ve al guardarropa, recoge el abrigo y vuelve a casa. Te llamaré mañana. Ahora no puedo explicarte nada, lo siento.

—¿Qué te pasa? —dijo ella, desconcertada.

—¡Márchate ya!

Zofia se levantó y cruzó la sala. Oía los menores ruidos y veía los detalles más imperceptibles: un cubierto al caer, un entrechocar de copas, un anciano limpiándose el labio superior con un pañuelo casi tan viejo como él, una mujer mal vestida a la que se le van los ojos detrás de los postres, un hombre de negocios que interpreta su propio papel leyendo un periódico, esa pareja que ha dejado de hablar desde que ella se ha levantado. Apretó el paso; las puertas del ascensor se cerraron por fin. Todo en ella eran emociones contradictorias.

Corrió hasta la calle, donde el viento la sobrecogió. En el coche que huía, sólo estaba ella y un estremecimiento de melancolía.

Cuando Blaise se sentó en el sitio que Zofia acababa de dejar libre, Lucas apretó los puños.

—¿Qué, cómo van nuestros asuntos? —dijo Blaise, jovial.

—¿Qué hace aquí? —preguntó Lucas en un tono que no intentaba en absoluto ocultar su irritación.

—Soy responsable de la comunicación interna y externa, así que vengo a comunicarme un poco... con usted.

—Yo no tengo que rendirle cuentas.

—Vamos, vamos, Lucas... ¿Quién ha hablado de contabilidad? He venido simplemente a interesarme por la salud de mi pupilo, y, por lo que he visto, parece estar en plena forma. —Blaise adoptó un tono tan meloso como falsamente amigable—. Sabía que era usted brillante, pero debo confesar que lo había subestimado.

—Si eso es todo lo que tenía que decirme, le invito a largarse.

—Le he observado mientras la arrullaba con sus serenatas y tengo que reconocer que en el momento del postre me ha impresionado. ¡Amigo mío, es usted un genio!

Lucas escrutó a Blaise atentamente, tratando de descifrar lo que podía alegrar tanto a aquel perfecto imbécil.

—La naturaleza no ha sido muy generosa con usted, Blaise, pero no desespere. Algún día habrá entre nosotros una penitente que haya hecho algo lo bastante grave para ser condenada a pasar unas horas entre sus brazos.

—No se haga el modesto, Lucas, he entendido la jugada y la apruebo. Su inteligencia nunca dejará de sorprenderme.

Lucas se volvió e hizo una seña con la mano para que le llevaran la cuenta. Blaise se la arrebató y le tendió una tarjeta de crédito al *maître*.

—Deje, esto es cosa mía.

—¿Adónde exactamente quiere ir a parar? —preguntó Lucas, recuperando la cuenta de entre los dedos húmedos de Blaise.

—Podría otorgarme más confianza. Le recuerdo que se le ha encargado esta misión gracias a mí, así que, puesto que los dos lo sabemos, no juguemos a hacernos los tontos.

—¿Qué sabemos? —preguntó Lucas, levantándose.

—¡Quién es ella!

Lucas volvió a sentarse muy despacio y miró fijamente a Blaise.

—¿Y quién es ella?

—Pues ella es el otro..., ¡su oponente!

Lucas entreabrió ligeramente la boca, como si de pronto le faltara aire. Blaise prosiguió:

—La que han enviado contra usted. Usted es nuestro demonio y ella es su ángel, su mejor agente. —Blaise se inclinó hacia Lucas, que retrocedió instintivamente—. No se lo tome así, hombre. Al fin y al cabo, mi trabajo es estar enterado de todo. Era mi deber felicitarlo. La tentación del ángel no es una victoria para nuestro bando, ¡es un triunfo! Y de eso es de lo que se trata, ¿no?

Lucas había percibido una pizca de temor en la última pregunta de Blaise.

—¿No es ése su trabajo, saberlo todo? —repuso Lucas con una ironía teñida de cólera.

Se levantó de la mesa. Mientras atravesaba la sala, oyó la voz de Blaise:

—También había venido para decirle que conecte el móvil. ¡Le buscan! A la persona con la que ha contactado en las últimas horas le gustaría mucho hacer un trato esta noche.

El ascensor se cerró con Lucas dentro. Blaise vio el plato del postre a medias, se sentó y sumergió un dedo húmedo en el chocolate.

El coche de Zofia circulaba por la avenida Van Ness; todos los semáforos que encontraba en su camino se ponían en verde. Encendió la radio y buscó una emisora de rock. Sus dedos golpeaban el volante siguiendo el ritmo de la música y siguieron golpeando cada vez más fuerte hasta que las falanges empezaron a dolerle. Se desvió en Pacific Heights y aparcó sin esmerarse mucho delante de casa.

Las ventanas de la planta baja estaban apagadas. Zofia empezó a subir hacia el primer piso. Cuando puso el pie en el tercer peldaño, la puerta de la señora Sheridan se entreabrió. Zofia siguió el rayo de luz que atravesaba la penumbra hasta las habitaciones de Reina.

—¡Te lo había advertido!

—Buenas noches, Reina.

—Siéntate a mi lado, ya me darás las buenas noches cuando te vayas. Aunque, viéndote la cara, es posible que en ese momento nos demos los buenos días.

Zofia se acercó al sillón. Se sentó sobre la moqueta y apoyó la cabeza en el brazo del asiento. Reina le acarició el cabello antes de tomar la palabra:

—Supongo que tienes una pregunta que hacer, porque yo tengo una respuesta que dar.

—Soy absolutamente incapaz de decir lo que siento.

Zofia se levantó, avanzó hacia la ventana y apartó la cortina. El Ford parecía dormir en la calle.

—Lejos de mí la idea de ser indiscreta —prosiguió Reina—. ¡En fin, nadie puede hacer lo imposible! A mi edad, el futuro mengua a ojos vista, y cuando se tiene presbicia como yo, hay motivos para preocuparse. Así que cada día que pasa miro ante mí, con la molesta sensación de que la carretera va a acabar en la punta de mis zapatos.

—¿Por qué dice eso, Reina?

—Porque conozco tu generosidad y también tu pudor. Para una mujer de mi edad, las alegrías y las tristezas de las personas a las que se quiere son como kilómetros recorridos en la noche que se avecina. Vuestras esperanzas y vuestros deseos nos recuerdan que después de nosotros el camino continúa, que lo que hemos hecho con nuestra vida ha tenido un sentido, aunque sea ínfimo..., una minúscula pizca de razón de ser. Así que ahora vas a contarme lo que te pasa.

—¡No lo sé!

—Lo que sientes se llama añoranza.

—¡Hay tantas cosas que me gustaría poder decirle!

—No te preocupes, me las imagino. —Reina le levantó suavemente la barbilla con la yema de los dedos—. Vamos, quiero verte sonreír; basta una minúscula semilla de esperanza para que crezca un campo entero de felicidad..., y un poco más de paciencia para darle tiempo de crecer.

—¿Ha estado enamorada alguna vez, Reina?

—¿Ves todas esas viejas fotos de los álbumes? Pues no sirven absolutamente para nada. La mayoría de las personas que aparecen en ellas hace tiempo que están muertas, pero aun así son muy importantes para mí. ¿Sabes por qué?... Porque las he apreciado. ¡Si supieras cómo me gustaría que las piernas me llevaran otra vez allí! ¡Aprovecha, Zofia! ¡Corre, no pierdas tiempo! Unas veces los lunes son duros, otras los domingos son tristes, pero el comienzo de una nueva semana siempre es una bendición. —Reina abrió la mano, le sujetó el dedo índice y le hizo recorrer su línea de la vida—. ¿Sabes qué es el Bachert, Zofia? —Zofia no respondió y Reina continuó hablando en voz todavía más baja—: Es la historia más hermosa del mundo: el Bachert es la persona que Dios te ha destinado, la otra mitad de ti misma, tu verdadero amor. El sentido de tu vida será encontrarla... y, sobre todo, reconocerla.

Zofia miró a Reina en silencio. Se levantó, le dio un beso lleno de ternura en la frente y le deseó buenas noches. Antes de salir, se volvió para decirle otra cosa:

—Me gustaría mucho ver uno de sus álbumes.

—¿Cuál? ¡Los has visto todos por lo menos diez veces!

—El suyo, Reina.

La puerta se cerró suavemente a su espalda.

Zofia subió la escalera. Cuando llegó al rellano, cambió de opinión, bajó de nuevo sin hacer ruido y despertó el viejo Ford. La ciudad estaba prácticamente desierta. Bajó por la calle California. Un semáforo la obligó a detenerse ante la entrada del edificio donde había cenado. El aparcacoches le hizo una seña amistosa con la mano, ella volvió la cabeza y miró Chinatown, que se abría a su izquierda. Unas manzanas más abajo, aparcó el coche junto a la acera, cruzó la explanada a pie, apoyó una mano en la pared este de la torre piramidal y entró en el vestíbulo.

Saludó a Pedro y se encaminó al ascensor que conducía al último piso. Cuando las puertas se abrieron, pidió ver a Miguel. La recepcionista lo sentía muchísimo, pero el día oriental había comenzado y su padrino estaba ocupado en el otro extremo del mundo.

Zofia vaciló un instante y luego preguntó si el Señor estaba disponible.

—En principio, sí, pero es posible que sea un poco difícil verlo.

Al ver la expresión intrigada de Zofia, la recepcionista no pudo resistirse a la tentación de darle una explicación.

—¡A usted puedo decírselo! El Señor tiene una manía, una afición, si prefiere llamarlo así: los cohetes. ¡Le chiflan! Le entusiasma la idea de que los hombres lancen tantos al cielo. No se pierde nunca un lanzamiento. Se encierra en su despacho, enciende todas las pantallas y nadie puede hablar con Él. La verdad es que está resultando un poco problemático desde que los chinos también se dedican a esto.

—¿Y en este momento hay un lanzamiento? —preguntó Zofia, impasible.

—Salvo que se presente algún problema técnico, el despegue está previsto para dentro de 37 minutos y 24 segundos. ¿Quiere que le transmita un mensaje? ¿Se trata de algo importante?

—No, no lo moleste, sólo quería preguntarle una cosa, pero ya volveré.

—¿Dónde estará dentro de un rato? Cuando dejo incompleto un memorando, siempre me cae un pequeño rapapolvo.

—Probablemente iré a pasear por los muelles..., bueno, creo. Buenas noches occidentales, o buenos días orientales, como prefiera.

Zofia salió de la torre. Caía una fina lluvia. Anduvo sin prisa hasta el coche y se puso al volante para dirigirse al muelle 80, el otro lugar de la ciudad que era su refugio.

Por el camino, sintió deseos de respirar aire puro, de ver árboles, y se encaminó hacia el norte. Entró en el parque Golden Gate por Martin Luther King hasta el lago central. A lo largo del paseo, las farolas dibujaban miríadas de halos en la noche estrellada. Sus faros iluminaron la pequeña cabaña de madera donde los paseantes alquilaban barcas los días de buen tiempo. El aparcamiento estaba vacío; dejó el Ford, caminó hasta un banco que quedaba bajo una farola y se sentó. Un gran cisne blanco que, impulsado por una ligera brisa, se desplazaba sobre el agua con los ojos cerrados, pasó junto a una rana dormida sobre un nenúfar. Zofia suspiró.

Lo vio avanzar por el final del paseo. El Señor caminaba indolentemente, con las manos en los bolsillos. Pasó por encima de la pequeña verja y atajó por el césped, evitando los macizos de flores. Se acercó y se sentó a su lado.

—¿Has solicitado verme?

—No quería molestarlo, Señor.

—Tú no me molestas nunca. ¿Tienes algún problema?

—No, una pregunta.

Los ojos del Señor se iluminaron un poco más.

—Te escucho, hija mía.

—Los ángeles nos pasamos el tiempo predicando el amor, pero nuestros conocimientos son sólo teóricos, así que quisiera saber qué es realmente el amor en la Tierra.

Él miró hacia el cielo y rodeó a Zofia por los hombros.

—¡Es lo más bello que he inventado! El amor es una parcela de esperanza, la renovación perpetua del mundo, el camino de la tierra prometida. Creé la diferencia para que la humanidad cultivara la inteligencia. ¡Un mundo homogéneo habría sido mortalmente triste! Además, la muerte no es más que un instante de la vida para quien ha sabido amar y ser amado.

Zofia, nerviosa, trazó un círculo en la grava con la punta del pie.

—¿Pero la historia del Bachert es verdad?

Dios sonrió y le tomó la mano.

—Hermosa idea la de que quien encuentra a su otra mitad llega a ser más completo que la humanidad entera, ¿verdad? El hombre en sí no es único..., si hubiera querido que fuera así, sólo habría creado uno. Cuando empieza a amar es cuando consigue serlo. Quizá la creación humana sea imperfecta, pero no hay nada más perfecto en el universo que dos seres que se aman.

—Ahora lo entiendo mejor —dijo Zofia, trazando una línea recta justo en el centro del círculo.

El Señor se levantó y se metió de nuevo las manos en los bolsillos. Ya se disponía a irse cuando puso una mano sobre la cabeza de Zofia y le dijo en un tono dulce y de complicidad:

—Voy a revelarte un secreto, la única pregunta que me hago desde el primer día: ¿he sido realmente yo quien ha inventado el amor, o ha sido el amor el que me ha inventado a mí?

Mientras se alejaba a paso ligero, Dios miró su reflejo en el agua y Zofia lo oyó mascullar:

—Señor por aquí, Señor por allá... Tengo que buscarme de una vez un nombre..., ya me envejecen bastante en esta casa con la barba...

Se volvió y le preguntó a Zofia:

—¿Qué te parece Houston como nombre?

Zofia, desconcertada, lo miró marcharse. Llevaba las sublimes manos cruzadas tras la espalda y continuaba barbotando solo.

—Tal vez señor Houston... No, no, Houston a secas, es perfecto.

Y la voz se perdió detrás del gran árbol.

Zofia permaneció sola un buen rato. La rana encaramada en el nenúfar la miraba fijamente. Croó dos veces y Zofia se inclinó y le dijo:

—¿*Croac* qué?

Zofia se levantó, fue hasta el coche y se marchó del parque Golden Gate. En la colina de Nob Hill, una campana daba las once.

Las ruedas delanteras dejaron de girar a unos centímetros del borde y la rejilla del radiador del Aston Martin quedó en la vertical del agua. Lucas bajó y dejó la portezuela abierta. Apoyó el pie derecho en el parachoques trasero, suspiró profundamente y bajó el pie. Se alejó unos pasos notando que la cabeza le daba vueltas. Se inclinó sobre el agua y vomitó.

—No parece que te encuentres muy bien.

Lucas se incorporó y miró al viejo vagabundo que le tendía un paquete de tabaco.

—Es negro. Un poco fuerte, pero, dadas las circunstancias... —dijo Jules.

Lucas aceptó uno; Jules acercó el encendedor y la llama iluminó los dos rostros un breve instante. El joven dio una profunda calada e inmediatamente se puso a toser.

—Es bueno —dijo, arrojando la colilla a lo lejos.

—¿El estómago revuelto? —preguntó Jules.

—No —respondió Lucas.

—Entonces debe de haber sido una contrariedad.

—¿Y usted, Jules? ¿Qué tal la pierna?

—Como lo demás. Cojea.

—Pues cámbiese el vendaje antes de que se le infecte —dijo Lucas alejándose.

Jules lo miró dirigirse hacia los viejos edificios que había a un centenar de metros de allí. Lucas subió los peldaños de la escalera herrumbrosa y avanzó por la galería que recorría la fachada del primer piso.

—¿Esa contrariedad es rubia o morena? —le gritó Jules.

Pero Lucas no lo oyó. La puerta del único despacho con la ventana iluminada se cerró tras él.

Zofia no tenía ningunas ganas de volver a su casa. Pese a que estaba encantada de acoger a Mathilde, echaba en falta cierta intimidad. Caminaba bajo la vieja torre de ladrillo rojo que dominaba los muelles desiertos. El reloj empotrado en el capitel cónico dio la media. Se acercó al borde del muelle. La proa del viejo carguero cabeceaba a la luz de una luna apenas enturbiada por un ligero velo de bruma.

—Le tengo mucho cariño a ese barcucho. Somos de la misma edad. Él también se tambalea al moverse, y esta más oxidado aún que yo.

Zofia se volvió y le sonrió a Jules.

—Yo no tengo nada contra él —le dijo—, pero lo querría más si sus escalas estuvieran en mejor estado.

—El material no ha tenido nada que ver con este accidente.

—¿Cómo lo sabe?

—Las paredes de los muelles tienen oídos, fragmentos de palabras por aquí forman fragmentos de frase por allá...

—¿Sabe cómo se cayó Gómez?

—Ahí reside todo el misterio. Si hubiera sido un hombre joven, podría creerse que se había tratado de un descuido. Desde que oímos decir en la tele que los jóvenes están más chochos que los viejos... Pero yo no tengo tele y el cargador era un veterano. Nadie va a tragarse que resbaló solo al pisar un barrote.

—Quizá le dio un mareo.

—Es una posibilidad, pero falta saber qué le causó ese mareo.

—Usted tiene una teoría, ¿verdad?

—Yo tengo sobre todo un poco de frío; esta asquerosa humedad se me mete hasta en los huesos. Me gustaría proseguir la conversación, pero un poco más lejos, junto a la escalera que lleva a las oficinas, allí hay una especie de microclima. ¿Te molesta que andemos unos metros juntos?

Zofia le ofreció un brazo al anciano. Se refugiaron bajo la galería que recorría la fachada. Jules dio unos pasos para instalarse justo debajo de la única ventana todavía iluminada a aquella hora tardía. Zofia sabía que todas las personas mayores tienen sus manías y que para quererlas hay que saber no contravenir sus hábitos.

—¿Ves? Aquí estamos bien —dijo Jules—. ¡Es donde mejor se está!

Se sentaron al pie del muro. Jules alisó las arrugas de su eterno pantalón príncipe de Gales.

—¿Y respecto a Gómez? —dijo Zofia.

—¡Ah, yo no sé nada! Pero, si escuchas, es muy posible que esta ligera brisa nos cuente algo.

Zofia frunció el entrecejo, pero Jules le puso un dedo sobre los labios. En el silencio de la noche, Zofia oyó la voz grave de Lucas dentro del despacho, justo encima de su cabeza.

Heurt, sentado en una esquina de la mesa de formica, empujó un pequeño paquete envuelto en papel de embalar hacia el director de los servicios inmobiliarios del puerto. Terence Wallace estaba sentado frente a Lucas.

—Un tercio ahora, otro cuando el consejo de administración haya votado a favor de la expropiación de los muelles, y el último en cuanto firme el contrato exclusivo de comercialización de los terrenos —dijo el vicepresidente.

—Sus administradores tendrán que reunirse antes de que acabe la semana, ¿de acuerdo? —añadió Lucas.

—Es un plazo excesivamente corto —protestó el hombre, que aún no se había atrevido a recoger el paquete marrón.

—Las elecciones se acercan. El Ayuntamiento estará encantado de anunciar la transformación de una zona contaminante en bonitas y limpias residencias. Será como un regalo caído del cielo —insistió Lucas, empujando el paquete hacia las manos de Wallace—. ¡Su trabajo no es tan complicado! —Lucas se levantó para acercarse a la ventana y la entornó antes de añadir—: Y como muy pronto ya no tendrá necesidad de trabajar, incluso podrá rechazar el ascenso que le ofrezcan para darle las gracias por haberlos enriquecido...

—¡Por haber encontrado una solución para una crisis anunciada! —dijo Wallace con afectación, tendiéndole un gran sobre blanco a Ed—. En este informe confidencial se indica el valor de cada parcela —prosiguió—. Suban los precios el diez por ciento y mis administradores no podrán rechazar su oferta. —Wallace tomó el paquete y lo sacudió alegremente—. Los habré reunido a todos el viernes como muy tarde —añadió.

La mirada de Lucas, que escapaba por la ventana, fue atraída por la leve sombra que huía abajo. Cuando Zofia montó en su coche, le pareció que lo miraba directamente a los ojos. Las luces traseras del Ford desaparecieron a lo lejos. Lucas agachó la cabeza.

—¿No tiene nunca arrebatos, Terence?

—¡No soy yo quien va a provocar esa huelga! —repuso éste saliendo del despacho.

Lucas no quiso que Ed lo acompañara y se quedó solo.

Las campanas de Grace Cathedral dieron las doce. Lucas se puso la gabardina y metió las manos en los bolsillos. Al abrir la puerta, acarició con la yema de los dedos la tapa del librito del que no se separaba. Sonrió, contempló las estrellas y recitó:

—Haya en el firmamento de los cielos lumbreras para separar el día de la noche... y sirvan de señales para separar la luz de las tinieblas.

»Y vio Dios que esto era bueno.

Y atardeció y amaneció...

Cuarto día

Mathilde no había parado de quejarse en toda la noche; el dolor no la había dejado descansar y hasta el amanecer no había conseguido conciliar el sueño. Zofia se había levantado sin hacer ruido, se había vestido y había salido de puntillas. Por la ventana del rellano entraba un sol espléndido. Al pie de la escalera se había encontrado con Reina, que empujaba con un pie la puerta de entrada porque llevaba en las manos un enorme ramo de flores.

—Buenos días, Reina.

Reina, que sujetaba una carta entre los labios, no pudo contestar. Zofia se acercó enseguida para ayudarla, se apoderó del inmenso ramo y lo dejó sobre la consola del recibidor.

—¡Cómo la miman, Reina!

—A mí no, a ti. Toma, la carta también tiene aspecto de ser para ti —dijo, tendiéndole el sobre.

Zofia, intrigada, lo abrió: «Te debo una explicación. Llámame, por favor. Lucas.»

Se guardó la nota en el bolsillo. Reina contemplaba las flores con una expresión entre admirativa y burlona.

—¡Este chico sabe cómo quedar bien! ¡Hay más de trescientas flores, y todas distintas! ¡No tengo un jarrón tan grande!

La señora Sheridan empezó a dar vueltas por la casa. Zofia la siguió con el suntuoso ramo en las manos.

—Déjalo junto al fregadero. Haré ramos de tamaño

normal y ya te los subirás cuando vuelvas. Vete, que ya veo que se te hace tarde.

—Gracias, Reina, vendré dentro de un rato.

—Sí, sí, claro... Venga, desaparece, odio verte a medias, y además, ya tienes la cabeza en otro sitio.

Zofia besó a su casera y salió de casa. Reina sacó cinco jarrones de un mueble y los alineó sobre la mesa, buscó las tijeras de podar en un cajón de la cocina y empezó a separar las flores. Se quedó mirando una larga rama de lilas y la dejó a un lado. Cuando oyó crujir el parquet sobre su cabeza, interrumpió su labor para prepararle el desayuno a Mathilde. Unos instantes después, subía la escalera mascullando:

—Hostelera, florista... ¿y qué más? ¡Esto no puede ser!

Zofia aparcó delante del Fisher's Deli. Al entrar en el bar, vio al inspector Pilguez, que la invitó a sentarse.

—¿Cómo está nuestra protegida?

—Se recupera poco a poco. La pierna le duele más que el brazo.

—Normal —dijo él—. En los últimos tiempos ya no tenemos muchos motivos para andar con las manos.

—¿Qué le trae por aquí, inspector?

—La caída del cargador.

—¿Y qué es lo que le pone de tan mal humor?

—La investigación sobre la caída del cargador. ¿Quiere tomar algo? —dijo Pilguez, volviéndose hacia la barra.

Desde el accidente de Mathilde, el establecimiento ofrecía un servicio mínimo: fuera de las horas punta, había que armarse de paciencia para conseguir un café.

—¿Se sabe por qué se cayó? —preguntó Zofia.

—La comisión de investigación cree que la causa fue un barrote de la escala.

—No es una noticia nada buena —murmuró Zofia.

—Sus métodos de investigación no me convencen. He tenido una agarrada con el responsable.

—¿Sobre qué?

—Me daba la impresión de que repetía la palabra «carcomido» con muy poco convencimiento. El problema —continuó Pilguez, perdido en sus pensamientos— es que el tablero de fusibles parece no interesar a ninguno de los comisarios.

—¿Qué pinta aquí el tablero de fusibles?

—Aquí, nada, pero junto a la bodega, mucho. No hay muchas razones para que un cargador experimentado se caiga. O bien la escala está podrida, y no es que yo diga que acabaran de cambiarla..., o bien se trata de un descuido, y eso no encaja con Gómez. A no ser que la bodega esté a oscuras, cosa que puede ocurrir si la luz se apaga de repente. En tal caso, el accidente es casi inevitable.

—¿Sugiere que se trata de un acto de sabotaje?

—Sugiero que la mejor manera de hacer resbalar a Gómez era apagar los focos mientras estaba en la escala. Prácticamente hay que ponerse gafas de sol para trabajar ahí dentro cuando está iluminado, ¿y qué cree usted que pasa cuando de repente todo queda sumido en la oscuridad? Mientras los ojos se acostumbran, pierdes el equilibrio. ¿Nunca ha sentido vértigo al entrar en un cine después de haber estado a pleno sol? ¡Imagínese el efecto, encaramado en lo alto de una escala de veinte metros!

—¿Tiene pruebas de lo que dice?

Pilguez se metió una mano en el bolsillo, sacó un pañuelo y lo dejó sobre la mesa. Lo desdobló, dejando al descubierto un pequeño cilindro completamente chamuscado.

—Tengo un fusible carbonizado al que le falta un cero en el amperaje —dijo en respuesta a la expresión interrogativa de Zofia.

—La electricidad no es mi fuerte.

—Este trasto era diez veces menos potente de lo necesario para la carga que debía soportar.

—¿Eso es una prueba?

—En cualquier caso, es una prueba de mala fe. La resistencia podía aguantar cinco minutos como máximo antes de saltar.

—Pero ¿todo eso qué demuestra?

—Que la bodega del *Valparaíso* no es el único sitio donde no se ve con claridad.

—¿Qué opina de esto la comisión de investigación?

Pilguez toqueteaba el fusible sin poder disimular su cólera.

—Opina que lo que tengo en las manos no demuestra nada, puesto que no lo he encontrado en el tablero.

—Pero usted opina lo contrario.

—Sí.

—¿Por qué?

Pilguez hizo rodar el fusible sobre la mesa. Zofia lo tomó para examinarlo con atención.

—Lo he encontrado debajo de la escalera; la sobrecarga de tensión debió de hacerlo saltar y la persona que fue a eliminar las pistas no lo encontró. En el tablero había uno completamente nuevo.

—¿Piensa abrir una investigación criminal?

—Todavía no. Con eso también tengo un problema.

—¿Cuál?

—El motivo. ¿Qué interés podía haber en hacer que Gómez cayera al fondo de ese barcucho? ¿A quién podía beneficiar el accidente? ¿Tiene alguna idea?

Zofia trató de controlar el malestar que la invadía. Tosió y se puso una mano delante de la cara.

—Ninguna.

—¿Ni la más leve? —insistió Pilguez, receloso.

—Ni eso —dijo ella, tosiendo de nuevo.

—Lástima —dijo Pilguez, levantándose.

Cruzó el bar, salió después de ceder el paso a Zofia y se acercó a su coche. Se apoyó en la portezuela y se volvió hacia Zofia.

—No intente nunca mentir, se le da fatal.

Le dirigió una sonrisa forzada y se sentó ante el volante. Zofia corrió hacia él.

—¡Hay una cosa que no le he dicho!

Pilguez miró el reloj y suspiró.

—Anoche, la comisión de investigación había decidido que el barco estaba fuera de sospecha, y nadie ha vuelto a inspeccionarlo desde entonces.

—Entonces, ¿qué puede haberlos convencido de que cambien de opinión durante la noche? —preguntó el inspector.

—Lo único que sé es que el hecho de que las sospechas recaigan sobre el barco va a provocar otra huelga.

—¿En qué beneficia eso a la comisión?

—Debe de haber una relación. Búsquela.

—Si la hay, es lo que ha provocado la caída de Gómez.

—Un accidente, una consecuencia, una sola finalidad —murmuró Zofia, alarmada.

—Empezaré por investigar en el pasado de la víctima para descartar otras hipótesis.

—Supongo que es lo mejor que se puede hacer —dijo Zofia.

—¿Y usted adónde va?

—A la asamblea general de los cargadores.

Se apartó del coche. Pilguez puso el motor en marcha y se alejó.

Al salir de la zona portuaria, telefoneó a su despacho. La coordinadora descolgó después de la séptima señal y Pilguez le espetó de inmediato:

—Buenos días, aquí las pompas fúnebres, al detective Pilguez le ha dado un patatús. Ha fallecido intentando reunirse con usted y queríamos saber si prefiere que depositemos su cuerpo en la comisaría o se lo llevemos directamente a casa.

—¡Vale! Hay un vertedero a dos manzanas de aquí, deposítenlo allí y yo iré a verlo en cuanto me pongan una ayudante y no tenga que descolgar este teléfono cada dos minutos —contestó Nathalia.

—¡Muy ingeniosa!

—¿Qué quieres?

—¿No te has asustado ni siquiera un poco?

—No te da ningún patatús desde que te controlo la glucemia y el colesterol. Claro que a veces echo de menos la época en que te ibas a comer huevos a escondidas; por lo menos tu mal humor tenía sus horas bajas. ¿Esta encantadora llamada es para saber algo de mí?

—Tengo que pedirte un favor.

—¡A eso lo llamo yo tener mano izquierda! Te escucho...

—Mira en el servidor central todo lo que puedas encontrar sobre Félix Gómez, 56 de la calle Fillmore, carnet de cargador 54.687. Por cierto, me encantaría saber quién te ha contado que comía huevos a escondidas.

—Yo también trabajo en la policía, ¿sabes? ¡Y tú comes con la misma delicadeza que hablas!

—¿Y eso qué demuestra?

—¿Quién lleva tus camisas a la tintorería? Bueno, te dejo, tengo seis llamadas en espera y a lo mejor hay una urgencia de verdad.

Una vez que Nathalia hubo cortado la comunicación, Pilguez conectó la sirena de su vehículo y dio media vuelta.

Había hecho falta más de media hora para que la multitud se callara; la reunión había empezado hacía apenas un momento en la explanada. Manca acababa de leer el informe médico del hospital Memorial de San Francisco. Gómez había sido sometido a tres intervenciones quirúrgicas. Los médicos no podían predecir si algún día llegaría a estar en condiciones de reincorporarse al trabajo, pero las dos fisuras en las vértebras lumbares no habían afectado a la médula espinal. Seguía inconsciente, pero estaba fuera de peligro. Un murmullo de alivio recorrió la asamblea, aunque eso no atenuó la tensión que reinaba. Los cargadores permanecían de pie frente a la tribuna improvisada entre dos contenedores. Zofia se había quedado un poco aparte, en la última fila. Manca pidió silencio.

—La comisión de investigación ha concluido que probablemente el estado de la escala de la bodega sea la causa del accidente de nuestro compañero.

El responsable sindical tenía el semblante grave. Las condiciones de trabajo que les imponían habían puesto en peligro la vida de uno de sus compañeros; una vez más, uno de ellos había pagado con su integridad física.

Un hilillo de humo acre asomaba por detrás de la puerta de un contenedor que lindaba con la tribuna desde la que Manca se dirigía a los cargadores. Tras encender un cigarrillo, Ed Heurt había abierto la ventanilla del Jaguar. Colocó el encendedor en su sitio y escupió las briznas de tabaco que se le habían adherido a la punta de la lengua. Se frotó las manos, encantado de percibir cómo aumentaba la cólera a unos metros de él.

—No me queda más remedio que proponeros un paro indefinido del trabajo —concluyó Manca.

Un pesado silencio planeaba por encima de sus cabezas. Una a una, las manos se levantaban; cien brazos se habían alzado, y Manca aprobó con un gesto de la cabeza la decisión unánime de sus compañeros. Zofia inspiró profundamente antes de tomar la palabra.

—¡No lo hagáis! ¡Estáis a punto de caer en una trampa!

Vio cómo la sorpresa se mezclaba con la cólera en los rostros que se habían vuelto hacia ella.

—No ha sido la escala lo que ha provocado la caída de Gómez —prosiguió Zofia, elevando la voz.

—¿Por qué se mete en esto? —gritó un cargador.

—¡A ti te iría muy bien que tu responsabilidad como jefe de seguridad no se cuestionara! —vociferó otro.

—¡Esa afirmación es injusta! —replicó Zofia, sintiendo que la agresividad del ambiente se volvía contra ella—. ¡Se me reprocha constantemente que tomo demasiadas precauciones a favor suyo, lo saben perfectamente!

El murmullo cesó unos segundos antes de que otro hombre interviniera:

—Entonces, ¿por qué se ha caído Gómez?

—Desde luego, por culpa de la escala no —contestó Zofia, bajando la voz y la cabeza.

Un conductor de tractor avanzó empuñando una barra de hierro.

—¡Lárgate, Zofia! ¡Aquí no eres bien recibida!

De pronto se sintió amenazada por los cargadores, que se acercaban. Dio un paso atrás y tropezó con un hombre que estaba detrás de ella.

—Intercambio de favores —le susurró Pilguez al oído—. Usted me explica a quién beneficia esta huelga, y yo la saco de este apuro. Creo que tiene una ligera idea sobre el asunto, y ni siquiera tendrá que decirme a quién intenta proteger. —Zofia volvió la cabeza hacia el inspector, que sonreía burlón—. Instinto policial —añadió éste, haciendo rodar el fusible entre los dedos.

Se colocó delante de ella y presentó su placa a la multitud, que se detuvo de inmediato.

—Es muy probable que la señorita tenga razón —dijo, saboreando el silencio que acababa de imponer—. Soy el inspector Pilguez, de la brigada criminal de San Francisco, y les ruego que hagan el favor de retroceder unos pasos. Padezco de agorafobia.

Nadie obedeció y, desde el estrado, Manca preguntó:

—¿Para qué ha venido, inspector?

—Para evitar que sus amigos cometan una tontería y caigan en una trampa, como dice la señorita.

—¿Y qué tiene que ver esto con usted? —insistió el jefe del sindicato.

—¡Esto! ¡Esto tiene que ver conmigo! —dijo Pilguez, levantando el brazo con el fusible entre los dedos.

—¿Qué es eso? —preguntó Manca.

—Lo que debería haber garantizado que no se cortara la luz en la bodega donde Gómez cayó.

Todos los rostros se volvieron hacia Manca, que alzó la voz.

—No veo adónde quiere ir a parar, inspector.

—Gómez tampoco podía ver gran cosa en la bodega, amigo mío.

El pequeño cilindro de cobre describió una parábola por encima de la cabeza de los cargadores. Manca lo agarró al vuelo.

—El accidente de su compañero se debió a un acto de sabotaje —prosiguió Pilguez—. Este fusible es diez veces menos potente de lo que debería ser, compruébenlo ustedes mismos.

—¿Por qué iba a hacer alguien eso? —preguntó una voz anónima.

—Para que se pusieran en huelga —respondió lacónicamente Pilguez.

—En los barcos hay fusibles por todas partes —dijo un hombre.

—Lo que usted dice no tiene nada que ver con el informe de la comisión de investigación —dijo otro.

—¡Silencio! —gritó Manca—. Aceptando que dice la verdad, ¿quién se supone que está detrás de esto?

Pilguez miró a Zofia y suspiró antes de responder al jefe del sindicato:

—Digamos que ese aspecto de la cuestión todavía no está claro.

—Entonces váyase de aquí con sus cuentos chinos —dijo un cargador, empuñando un eje de cabrestante.

La mano del policía descendió lentamente hacia su

pistolera. La amenazadora masa se desplazaba hacia ellos, como una marea ascendente que no tardaría en cubrirlos. Zofia reconoció al hombre que la miraba junto al estrado, delante de un contenedor abierto.

—¡Yo conozco al que ha ordenado cometer el crimen!

La voz serena de Lucas había paralizado a los cargadores. Todos los rostros se volvieron hacia él. El joven empujó la puerta abierta del contenedor, que chirrió al girar sobre sus goznes y dejó a la vista de todos el Jaguar. Lucas apuntó con el dedo al conductor, que hacía girar febrilmente la llave de contacto.

—Circulan abultados sobres para comprar los terrenos en los que trabajáis..., después de la huelga, por supuesto. ¡Preguntádselo a él, es el comprador!

Heurt puso bruscamente la primera, los neumáticos patinaron sobre el asfalto y el coche del vicepresidente de A&H comenzó su loca carrera entre las grúas para escapar del furor de los cargadores.

Pilguez le ordenó a Manca que contuviera a sus hombres.

—¡Muévase, antes de que esto acabe en un linchamiento!

El jefe del sindicato hizo una mueca al tiempo que se frotaba la rodilla.

—Tengo una artritis terrible —se quejó—. La humedad de los muelles... ¡Qué le vamos a hacer! ¡Son gajes del oficio!

Manca se alejó cojeando.

—Ustedes dos no se muevan de aquí —masculló Pilguez.

El inspector dejó a Lucas y a Zofia para correr en la dirección hacia la que se habían precipitado los cargadores. Lucas lo siguió con la mirada.

Mientras la sombra del policía se escabullía detrás de un tractor, Lucas se acercó a Zofia y tomó sus manos entre las suyas. Ella vaciló antes de formularle una pregunta.

—No eres un Verificador, ¿verdad? —dijo en un tono lleno de esperanza.

—No. No sé de qué me hablas.

—Y tampoco trabajas para el Gobierno.

—Digamos que trabajo para algo... comparable. Pero, de todos modos, te debo otras explicaciones.

Se oyó un ruido de chapa a lo lejos. Lucas y Zofia se miraron y ambos echaron a correr en la dirección de donde había venido el estruendo.

—¡Si le echan el guante, no doy un centavo por su pellejo! —dijo Lucas, corriendo a pequeñas zancadas.

—Entonces, reza para que eso no suceda —repuso Zofia, colocándose a su altura.

—¡Bah, de todas formas, no vale gran cosa! —contestó Lucas, adelantándola dos pasos.

Zofia volvió a atraparlo y lo dejó atrás.

—¡Tienes buenos pulmones! —exclamó Lucas.

—¡De eso no puedo quejarme!

Lucas hizo una mueca de dolor mientras redoblaba sus esfuerzos para situarse en cabeza en el tramo en zigzag, entre dos pilas de contenedores, al que se acercaban. Zofia aceleró para impedir que la alcanzara.

—Están allí —dijo, sin aliento pero todavía en cabeza.

Lucas hizo un *sprint* para atraparla. A lo lejos, una humareda blanca salía por la rejilla del radiador del Jaguar, clavado en la horca de un cargador. Zofia inspiró profundamente para mantener el ritmo.

—Yo me ocupo de él y tú de los cargadores... cuando me hayas alcanzado —dijo, dando otro acelerón.

Rodeó la compacta multitud que cercaba el vehículo, sin volverse para evitar perder unos segundos preciosos. Se deleitaba imaginando la cara que debía de poner Lucas a su espalda.

—¡Esto es ridículo! ¡No estamos haciendo una carrera, que yo sepa! —le oyó gritar, tres pasos atrás.

La gente contemplaba en silencio el coche vacío. Uno de los cargadores llegó corriendo: el vigilante no había visto pasar a nadie por delante de la garita; Ed seguía atrapado en los muelles y sin duda estaba escondido en un contenedor. La multitud se dispersó y cada uno fue en una dirección, decidido a encontrar al fugitivo. Lucas se acercó a Zofia.

—¡No me gustaría estar en su lugar!

—¡Se diría que disfrutas con esto! —repuso ella, exasperada—. ¡Lo que tienes que hacer es ayudarme a localizarlo antes que ellos!

—Me he quedado sin aliento, pero la culpa no es mía.

—¡Qué cara! —exclamó Zofia con los brazos en jarras—. ¿Quién ha empezado?

—¡Tú!

La voz de Jules los interrumpió.

—Vuestra conversación parece apasionante, pero, si pudierais dejarla para más tarde, quizá podríamos salvar una vida. ¡Seguidme!

Jules les explicó por el camino que Ed había saltado del coche justo después del choque y se había precipitado hacia la salida del puerto. La jauría estaba acercándose peligrosamente a él cuando pasó a la altura del arco número 7.

—¿Dónde está? —preguntó Zofia, preocupada, caminando junto al viejo vagabundo.

—Debajo de un montón de trapos.

A Jules le había costado Dios y ayuda convencerlo de que se escondiera dentro de su carrito.

—He conocido a pocas personas tan antipáticas. ¿Podéis creer que se ha puesto exigente? —gruñó Jules—. Pero cuando le he enseñado el agua donde los cargadores iban a hacerle darse un baño, el color de la espuma lo ha convencido de que mi ropa no estaba tan sucia.

Lucas, que seguía rezagado, apretó el paso para acercarse a ellos y murmuró:

—¡Sí! ¡Has sido tú!

—¡De eso nada! —susurró ella, volviendo la cabeza.

—Tú has acelerado primero.

—¡Que no!

—Bueno, ya está bien —intervino Jules—. El inspector está con él. Hay que encontrar una manera de sacar discretamente a ese hombre de aquí.

Pilguez les hizo una seña con la mano y los tres se le acercaron. El inspector tomó el mando de la operación.

—Están todos en la zona de las grúas registrando hasta el último rincón y no tardarán en venir hacia aquí. ¿Uno de ustedes puede ir a buscar su coche sin llamar la atención?

El Ford estaba aparcado en mal sitio; probablemente los cargadores verían a Zofia cuando fuera a buscarlo. Lucas permaneció en silencio, dibujando un círculo con la punta del pie en la tierra polvorienta del muelle.

Jules le señaló a Lucas con la mirada la grúa que estaba depositando en los muelles, no lejos de ellos, un Chevrolet Camaro en un estado lamentable. Era el séptimo vehículo que sacaba del agua.

—Yo sé dónde encontrar coches cerca de aquí, pero el motor hace un extraño gorgoteo cuando lo pones en marcha —susurró el viejo vagabundo al oído de Lucas.

Ante la mirada interrogativa del inspector Pilguez, Lucas se alejó mascullando:

—Voy a buscar lo que necesita.

Regresó al cabo de tres minutos al volante de un espacioso Chrysler y lo aparcó delante del arco. Jules empujó el carrito; Pilguez y Zofia ayudaron a Heurt a salir. El vicepresidente se tumbó en el asiento trasero y Jules lo tapó por completo con una de sus mantas.

—¡Y haced el favor de llevarla a limpiar antes de devolvérmela! —dijo éste al cerrar la portezuela.

Zofia se sentó al lado de Lucas y Pilguez se asomó a la ventanilla.

—No se entretengan.

—¿Lo dejamos en la comisaría? —preguntó Lucas.

—¿Para qué? —repuso el policía, contrariado.

—¿Va a dejarlo libre? —preguntó Zofia.

—La única prueba que tenía era un pequeño cilindro de cobre de dos centímetros de largo, y he tenido que desprenderme de él para sacarla del apuro. Después de todo —añadió el inspector, encogiéndose de hombros—, los fusibles sirven precisamente para eso, ¿no?..., para evitar las sobrecargas de tensión... ¡Vamos, lárguense!

Lucas puso la primera y el coche se alejó entre una nube de polvo. Mientras todavía circulaba por los muelles, se oyó la voz amortiguada de Ed:

—¡Me las pagará, Lucas!

Zofia levantó un extremo de la manta, destapando el rostro congestionado de Heurt.

—No creo que haya escogido el momento más oportuno —dijo en un tono circunspecto.

Pero el vicepresidente, que pestañeaba de un modo incontrolable, añadió:

—¡Está acabado, Lucas! ¡No tiene ni idea del poder que tengo!

Lucas frenó en seco y el coche patinó a lo largo de varios metros. Con las dos manos apoyadas en el volante, Lucas se volvió hacia Zofia.

—¡Baja!

—¿Qué vas a hacer? —repuso ella, inquieta.

El tono en el que el joven repitió la orden no admitía réplica. Zofia bajó y la ventanilla se cerró con un chirrido. Heurt vio en el retrovisor los ojos oscuros de Lucas, que parecían tornarse negros.

—¡Es usted el que no conoce mi poder, amigo! —dijo Lucas—. Pero, tranquilo, voy a hacerle una demostración ahora mismo.

Retiró la llave de contacto y salió también del vehículo. Antes de que hubiera dado un paso, todas las puertas se bloquearon. El régimen del motor subió progresivamente, y cuando Ed Heurt se incorporó, la aguja de la esfera que estaba en el centro del salpicadero ya marcaba 4.500 revoluciones por minuto. Los neumáticos patinaban sobre el asfalto sin que el coche se moviera. Lucas cruzó los brazos con cara de preocupación y murmuró:

—Algo no funciona, pero ¿qué es?

Zofia se acercó a él y lo zarandeó sin contemplaciones.

—¿Qué estás haciendo?

En el interior del habitáculo, Ed se sintió atrapado por una fuerza invisible que lo aplastaba contra el asiento. El respaldo fue brutalmente arrancado y propulsado contra el cristal posterior. Para resistirse a la fuerza que tiraba de él hacia atrás, Heurt se agarró a la correa de piel del sillón; la costura se desgarró y la correa cedió. Se asió desesperadamente a la empuñadura de la puerta, pero la aspiración era tan fuerte que las articulaciones se le amorataron antes de abandonar su vana resistencia. Cuanto más luchaba Ed, más retrocedía. Con el cuerpo comprimido por un peso desmesurado, se hundía inexorablemente hacia el interior del maletero. Sus uñas arañaron la piel del asiento sin más éxito; en cuanto estuvo en el interior del portaequipajes, el respaldo del asiento volvió a ocupar su lugar y la fuerza cesó. Ed estaba a oscuras. En el salpicadero, la aguja del cuentarrevoluciones rebotaba contra el tope de la esfera. En el exterior, el rugido del motor se había vuelto ensordecedor. Bajo las ruedas humeantes, la goma dejaba grasientas marcas negras. Todo el coche temblaba. Zofia, angustiada, se precipitó para liberar al pasajero; al ver que el habitáculo estaba vacío, se asustó y se volvió hacia Lucas, que toqueteaba la llave de contacto con expresión preocupada.

—¿Qué has hecho con él? —preguntó Zofia.

—Está en el maletero —respondió él, absorto—. Algo funciona mal... ¿Qué he olvidado hacer?

—¡Estás completamente loco! Si se sueltan los frenos...

Zofia no tuvo tiempo de acabar la frase. Lucas, visiblemente aliviado, meneó la cabeza e hizo chascar los dedos. En el interior del vehículo, la palanca del freno de mano se liberó y el coche se precipitó hacia el mar. Zofia corrió hasta el borde del muelle y se concentró en la parte trasera del vehículo, que aún sobresalía del agua: el maletero se abrió y el vicepresidente apareció dando manotadas en las sucias aguas que bordeaban el muelle 80. Ed Heurt se alejó como un tapón de corcho a la deriva, dando torpes brazadas hacia la escalera de piedra y escupiendo cuanto podía. El coche se hundió, arrastrando con él los grandes proyectos inmobiliarios de Lucas, en cuyos ojos se leía el apuro de un niño al que han pillado con las manos en la masa.

—¿No tienes un poco de hambre? —le dijo a Zofia, que se acercaba a él con paso decidido—. Con todo este lío, nos hemos saltado la comida.

Ella lo fulminó con la mirada.

—¿Quién eres?

—Resulta un poco difícil de explicar —respondió él, incómodo.

Zofia le arrebató la llave de las manos.

—¡Debes de ser el hijo del diablo o su mejor discípulo, para conseguir hacer esas cosas!

Con la punta del pie, Lucas trazó una línea recta justo en el centro del círculo que había dibujado en el polvo. Agachó la cabeza y contestó, como avergonzado:

—Entonces, ¿aún no te has dado cuenta?

Zofia retrocedió un paso, luego dos.

—Soy su enviado..., su agente de elite.

Ella se tapó la boca con la mano para ahogar el grito que escapaba de su garganta.

—No, tú no... —murmuró, mirando a Lucas por última vez antes de alejarse corriendo.

Lo oyó gritar su nombre, pero las palabras de Lucas ya no eran más que unas sílabas entrecortadas por el viento.

—¡Mierda, tú tampoco me habías dicho la verdad! —dijo Lucas, borrando furiosamente el círculo con el pie.

En su inmenso despacho, Lucifer apagó la pantalla de control y el rostro de Lucas se convirtió en un ínfimo punto blanco que desapareció en el centro del monitor. Satán hizo girar el sillón y pulsó el botón del interfono.

—¡Haga venir a Blaise inmediatamente!

Lucas fue andando hasta el aparcamiento y abandonó los muelles a bordo de un Dodge gris claro. Una vez cruzada la barrera, buscó en el fondo de sus bolsillos una pequeña tarjeta de visita y la introdujo en la visera. Agarró el teléfono móvil y marcó el número de la única periodista a la que conocía bíblicamente. Amy descolgó después de la tercera señal.

—Sigo sin saber por qué te fuiste enfadada —dijo Lucas.

—No esperaba que me llamaras. Has marcado un punto.

—Tengo que pedirte un favor.

—Acabas de perder el punto. ¿Y yo qué gano?

—Digamos que tengo un regalo para ti.

—¡Si son flores, guárdatelas!

—Es una exclusiva.

—Que te interesa que publique, supongo.

—Sí, algo así.

—Sólo si la noticia va acompañada de una noche tan ardiente como la última.

—No, Amy, no puede ser.

—Y si renuncio a la ducha, ¿la respuesta sigue siendo no?

—Sí.

—Es desesperante que tipos como tú se enamoren.

—Conecta el magnetófono. Es sobre un magnate del mundo inmobiliario, cuyas contrariedades van a convertirte en la más feliz de las periodistas.

El Dodge circulaba por la calle Tercera. Lucas cortó la comunicación y giró en Van Ness camino de Pacific Heights.

Blaise dio tres golpes con los nudillos, se secó las manos húmedas en el pantalón y entró.

—¿Quería verme, Presidente?

—¿Tienes que hacer siempre preguntas idiotas cuya respuesta conoces? ¡Quédate de pie!

Blaise se irguió, terriblemente inquieto. El Presidente abrió un cajón, sacó una carpeta roja y la empujó para que se deslizara hasta el otro extremo de la mesa. Blaise fue a buscarla dando pequeñas zancadas, regresó inmediatamente y se quedó plantado delante de su jefe.

—¿Crees que te he hecho venir para mirarte dar vueltas por mi despacho, imbécil? ¡Abre la carpeta, cretino!

Blaise levantó con nerviosismo la solapa de cartón y reconoció en el acto la foto en que Lucas tenía a Zofia entre los brazos.

—Me encantaría utilizarla para hacer la tarjeta de felicitación de fin de año, pero me falta una leyenda —añadió Lucifer, dando un puñetazo en la mesa—. Supongo que tú me la encontrarás, puesto que eres tú quien ha elegido a nuestro mejor agente.

—Una foto sensacional, ¿verdad? —balbució Blaise, al que le sudaba todo el cuerpo.

—A ver —dijo Satán, apagando el cigarrillo en la bandeja de mármol—, o tu sentido del humor es incomprensible, o a mí se me escapa algún detalle.

—No pensará que..., en fin, Presidente..., ¡por favor! —repuso Blaise con afectación—. Todo esto estaba previsto y está absolutamente controlado. Lucas tiene recursos insospechados, decididamente es increíble.

Satanás sacó otro cigarrillo del bolsillo y lo encendió. Aspiró una profunda bocanada y expulsó el humo delante de la cara de Blaise.

—Lleva mucho cuidado con lo que dices.

—Vamos a por el jaque mate y..., bueno, ahora estamos comiéndonos a la reina del adversario.

Lucifer se levantó y se acercó al ventanal. Con las dos

manos apoyadas en el cristal, se quedó unos instantes pensativo.

—Déjate de metáforas, me horrorizan. Esperemos que digas la verdad, porque las consecuencias de una mentira serían infernales para ti.

—¡No tiene que preocuparse por nada! —dijo Blaise, retirándose de puntillas.

En cuanto se hubo quedado solo, Satán volvió a sentarse en un extremo de la larga mesa y encendió la pantalla de control.

—De todas formas, vamos a comprobar dos o tres cosas —mascculló, pulsando de nuevo el botón del interfono.

Lucas circulaba por Van Ness. Aminoró la marcha para volver la cabeza en la intersección con la calle Pacific, abrió la ventanilla, encendió la radio y un cigarrillo. Al pasar bajo los pilares del Golden Gate, apagó la radio, tiró el cigarrillo, cerró la ventanilla y se dirigió en silencio hacia Sausalito.

Zofia había estacionado el Ford al final del aparcamiento. Había subido por la escalera y salido a la superficie en Union Square. Atravesó el pequeño parque y caminó sin rumbo. En el paseo que cruzaba en diagonal, se sentó en un banco junto a una muchacha que estaba llorando. Le preguntó qué le pasaba, pero, antes de poder oír su respuesta, sintió que se le hacía un nudo en la garganta.

—Lo siento —dijo, alejándose.

Vagó por las aceras, parándose ante los escaparates de las tiendas de lujo. Miró la puerta giratoria de los grandes almacenes Macy's y, sin siquiera darse cuenta, se metió por ella. Nada más entrar, una chica vestida de arriba abajo con un uniforme amarillo canario le ofreció rociarla generosamente con el último perfume de moda, Canary Wharf. Zofia rechazó cortésmente el ofrecimiento con una sonrisa apagada y le preguntó dónde podía encontrar la colonia Habit Rouge.

La joven no intentó disimular su irritación.

—Segundo mostrador a la derecha —dijo, encogiéndose de hombros.

Cuando Zofia se alejó, la vendedora presionó dos veces hacia su espalda el vaporizador amarillo.

—¡Los demás también tienen derecho a existir!

Zofia se acercó al expositor. Levantó tímidamente el frasco de muestra, desenroscó el tapón rectangular y se puso dos gotas de perfume en el reverso de la muñeca. Se acercó la mano a la cara, aspiró la sutil esencia y cerró los ojos. Bajo sus párpados cerrados, la ligera bruma que flotaba bajo el Golden Gate ponía rumbo al norte, hacia Sausalito; en el paseo desierto, un hombre con traje negro caminaba solo junto a la orilla del mar.

La voz de una dependienta la devolvió a la realidad. Zofia miró a su alrededor. Mujeres cargadas con bolsas y paquetes iban de aquí para allá.

Zofia bajó la cabeza, dejó el frasco en su sitio y salió de los almacenes. Después se dirigió en coche al centro de formación para personas con trastornos de visión. La lección del día no fue más que silencio; sus alumnos lo respetaron durante toda la clase. Cuando sonó el timbre, se levantó de la silla, sobre el estrado, y les dijo simplemente «gracias» antes de abandonar la sala. Regresó a casa y, al entrar, vio un gran jarrón lleno de suntuosas flores que adornaba el vestíbulo.

—¡Imposible subirlo arriba! —dijo Reina, abriendo la puerta—. ¿Te gusta? Queda bien en la entrada, ¿no?

—Sí —dijo Zofia mordisqueándose el labio.

—¿Qué te pasa?

—Reina, usted no es de las que dicen «te lo había advertido», ¿verdad?

—No, ése no es mi estilo.

—Entonces, ¿podría poner este jarrón en sus habitaciones, por favor? —le pidió Zofia con la voz quebrada.

Acto seguido subió al primer piso. Reina la miró mientras subía la escalera; cuando desapareció de su vista, murmuró:

—¡Te lo había dicho!

Mathilde dejó el periódico y miró a su amiga.

—¿Has pasado un buen día?

—¿Y tú? —contestó Zofia, dejando el bolso al pie del perchero.

—¡Vaya respuesta! Claro que, viéndote la cara, la pregunta sobraba.

—Estoy cansada, Mathilde.

—Ven a sentarte en mi cama.

Zofia obedeció. Cuando se dejó caer sobre el colchón, Mathilde gimió.

—Lo siento —dijo Zofia, levantándose—. ¿Y a ti qué tal te ha ido el día?

—Ha sido apasionante —respondió Mathilde haciendo una mueca—. He abierto la nevera y he soltado un buen improperio, ya conoces mi sentido del humor..., eso ha hecho que un tomate se parta de risa, y después me he lavado la cabeza con un champú al perejil.

—¿Te ha dolido mucho hoy?

—Sólo durante la clase de aerobic. Puedes sentarte, pero con cuidado.

Mathilde miró por la ventana e inmediatamente añadió:

—¡No, quédate de pie!

—¿Por qué? —preguntó Zofia, intrigada.

—Porque vas a volver a levantarte enseguida —respondió Mathilde sin dejar de mirar hacia la calle.

—¿Qué pasa?

—No puedo creer que te traiga otro —dijo Mathilde riendo.

Zofia dio un paso atrás con cara de sorpresa.

—¿Está abajo?

—Es una monada. ¡Ojalá tuviera un hermano gemelo para mí! Te espera sentado en el capó del coche con flores. ¡Vamos, baja! —dijo Mathilde, ya sola en la habitación.

Zofia estaba en la calle. Lucas se puso de pie y le tendió un nenúfar rojo que sobresalía orgullosamente de un tiesto de barro.

—Sigo sin saber cuáles son tus flores preferidas, pero por lo menos ésta te incita a hablarme.

Zofia lo miró sin decir nada. Lucas avanzó hacia ella.

—Déjame por lo menos que te dé una explicación.

—¿Una explicación de qué? —repuso ella—. No hay nada que explicar.

Le dio la espalda y entró en casa, se detuvo en medio del recibidor para dar media vuelta, salió de nuevo a la calle, se acercó a él sin pronunciar una sola palabra, se apoderó del nenúfar y volvió a entrar en casa. La puerta se cerró tras ella. Reina le cortó el paso y confiscó la flor acuática.

—Yo me ocupo de ella, y a ti, te doy tres minutos para subir a arreglarte. Coquetea y hazte la tiquismiquis, es muy femenino, pero no olvides que lo contrario de todo es nada. Y nada no es gran cosa... ¡Venga, rápido!

Zofia intentó replicar, pero Reina puso los brazos en jarras y dijo en un tono autoritario:

—¡No hay «peros» que valgan!

Al entrar en sus habitaciones, Zofia fue directamente al ropero.

—No sé por qué, pero, en cuanto lo he visto, he presentido que esta noche compartiría una cena ligera a solas con Reina —dijo Mathilde, admirando a Lucas a través de la ventana.

—¡Ya está bien! —repuso Zofia, exasperada.

—Ya lo creo que está bien, ¡pero que muy bien!

—No me pinches, Mathilde, no es un buen momento.

Zofia descolgó la gabardina del perchero y se dirigió hacia la puerta sin despedirse de su amiga, que dijo en tono categórico:

—Las historias de amor siempre acaban arreglándose... salvo en mi caso.

—Para de una vez, ¿quieres? No tienes ni idea de lo que estás diciendo —repuso Zofia.

—Si hubieras conocido a mi ex, te habrías hecho una idea de lo que es el infierno. Vamos, vete y pásatelo bien.

Reina había puesto el nenúfar en una mesita. Lo miró atentamente y murmuró:

—¡En fin!

Echando una mirada a su reflejo en el espejo de encima de la chimenea, se arregló apresuradamente los cabellos plateados y se dirigió sin hacer ruido a la entrada. Asomó la cabeza por la puerta y le dijo en voz baja a Lucas, que caminaba arriba y abajo por la acera:

—Ya sale.

Al oír los pasos de Zofia, se apresuró a entrar en sus habitaciones.

Zofia se acercó al coche malva en el que Lucas estaba apoyado.

—¿Para qué has venido? ¿Qué quieres?

—Una segunda oportunidad.

—Nunca se tiene una segunda oportunidad para causar una primera impresión buena.

—Me encantaría demostrarte esta noche que eso es falso.

—¿Por qué?

—-Porque sí.

—Es una respuesta poco satisfactoria.

—Porque esta tarde he vuelto a Sausalito —dijo Lucas.

Zofia lo miró. Era la primera vez que percibía en él cierta fragilidad.

—Yo no quería que cayera la noche —prosiguió—. No, es más complicado. «No querer» siempre ha formado parte de mí; lo que resultaba extraño hace un rato era sentir lo contrario. ¡Por una vez he querido!

—¿Has querido qué?

—Verte, oírte, hablar contigo.

—¿Y qué más? ¿Que encuentre una razón para creerte?

—Deja que te lleve a cenar. No rechaces mi invitación.

—No tengo hambre —dijo ella, bajando los ojos.

—Nunca has tenido hambre. No soy sólo yo quien no lo ha dicho todo... —Lucas abrió la portezuela del coche y sonrió—. Sé quién eres.

Zofia lo miró fijamente y subió al coche.

Mathilde soltó la cortina, que se deslizó lentamente sobre el cristal. En el mismo momento, un visillo cubrió una ventana de la planta baja.

El coche desapareció al final de la calle desierta. Circulaban sin decir nada bajo una fina lluvia otoñal. Lucas conducía despacio; Zofia miraba hacia fuera, buscando en el cielo respuestas a las preguntas que se hacía.

—¿Desde cuándo lo sabes? —preguntó.

—Desde hace unos días —respondió Lucas, incómodo, frotándose la barbilla.

—¡Maravilloso! ¡Y durante todo este tiempo no has dicho nada!

—Tú tampoco has dicho nada.

—¡Yo no sé mentir!

—Y yo no estoy programado para decir la verdad.

—Entonces, ¿cómo quieres que no piense que todo es un montaje, que has estado manipulándome desde el principio?

—Porque eso sería subestimarse. Además, podría ser

a la inversa, todos los contrarios existen. La situación actual parece darme la razón.

—¿Qué situación?

—Este bienestar desbordante y extraño. Tú y yo en este coche sin saber adónde ir.

—¿Qué quieres hacer? —preguntó Zofia, con la mirada ausente vuelta hacia los peatones que caminaban por las aceras húmedas.

—No sé, ni idea. Estar a tu lado.

—¡Para ya!

Lucas frenó en seco y el coche se deslizó sobre el asfalto mojado para acabar su carrera al pie de un semáforo.

—Te he echado de menos toda la noche y todo el día. He ido hasta Sausalito para pasear porque te añoraba, pero allí también te echaba de menos. Te añoraba y era una sensación agradable.

—Desconoces el significado de esas palabras.

—Sólo conocía su antónimo.

—¡Deja de hacerme la corte!

El semáforo se puso en ámbar y después en verde, después otra vez en ámbar y después en rojo. Los limpiaparabrisas apartaban el agua imponiendo su ritmo al silencio.

—Yo no te hago la corte —dijo Lucas.

—Yo no he dicho que me la hicieras —repuso Zofia, moviendo vehementemente la cabeza—, he dicho que me la hacías. ¡Es distinto!

—¿Y puedo continuar? —preguntó Lucas.

—Están haciéndonos señas con los faros.

—¡Que esperen! ¡Está rojo!

—Sí, por tercera vez.

—No entiendo qué me pasa, claro que ya no entiendo nada, pero sé que me siento bien junto a ti y que esas palabras tampoco forman parte de mi vocabulario.

—Es un poco pronto para decir ese tipo de cosas.

—¿Es que encima hay momentos para decir la verdad?

—¡Sí, los hay!

—Pues entonces necesito urgentemente ayuda. Ser sincero es más complicado aún de lo que pensaba.

—Sí, ser honrado es difícil, Lucas, mucho más de lo que crees, y casi siempre es ingrato e injusto; pero no serlo es ver y afirmar que se es ciego. Resulta muy complicado explicarte todo esto. Somos muy diferentes el uno del otro, demasiado diferentes.

—Complementarios —dijo él, lleno de esperanza—, en eso estoy de acuerdo contigo.

—¡No, completamente distintos!

—Y pensar que esas palabras salen de tu boca... Yo creía que...

—Ah, ¿ahora crees?

—No seas mala. Yo pensaba que, en todo caso, la diferencia... Pero debía de estar equivocado, o más bien tenía razón, lo que, paradójicamente, es desolador.

Lucas bajó del coche y dejó la puerta abierta. El estruendo de bocinas aumentó cuando Zofia echó a correr detrás de él bajo la lluvia. Lo llamaba, pero él no la oía; el chaparrón había arreciado. Por fin lo alcanzó y lo asió de un brazo; él se volvió y la miró a la cara. Zofia tenía el cabello pegado a la cara; Lucas le apartó con delicadeza un mechón rebelde de la comisura de los labios y ella hizo un ademán de rechazo.

—Nuestros mundos no tienen nada en común, nuestras creencias son opuestas, nuestras esperanzas, divergentes, nuestras culturas, completamente distintas... ¿Adónde quieres que vayamos, si todo nos enfrenta?

—¡Tienes miedo! —dijo él—. Sí, es eso, el terror te paraliza. Eres tú quien, en contra de las órdenes establecidas, se niega a ver, tú, que hablabas de ceguera y de sinceridad. Te pasas el día predicando, pero las promesas no son nada si no las acompañan los actos. No me juzgues. Sí, es cierto que soy tu opuesto, tu contrario, tu disímil, pero también soy tu semejante, tu otra mitad. No puedo describirte lo que siento porque no conozco las palabras necesarias para calificar lo que me obsesiona desde hace dos días, hasta el punto de permitirme creer que todo podría cambiar, mi mundo, como tú dices, el tuyo, el de ellos. No me importan nada los combates que he librado, me dan absolutamente igual mis noches negras y mis domingos, soy un inmortal que por primera vez tiene ganas de vivir. Podríamos enseñarnos uno a otro, descubrirnos y acabar por parecernos..., con el tiempo.

Zofia le puso un dedo sobre la boca para interrumpirlo.

—¿En dos días?

—¡Y tres noches! ¡Pero bien valen una parte de mi eternidad! —respondió Lucas.

—¡Ya empiezas otra vez!

Un trueno estalló en el cielo; el aguacero estaba convirtiéndose en una amenazadora tormenta. Lucas levantó la cabeza y miró la noche, que era más oscura que nunca.

—¡Deprisa! —dijo con decisión—. Tenemos que irnos de aquí enseguida, tengo un mal presentimiento.

Sin esperar más, arrastró a Zofia de la mano. En cuanto las portezuelas estuvieron cerradas, se saltó el semáforo, alejándose de los conductores pegados a su parachoques. Giró bruscamente a la izquierda y se adentró, a salvo de las miradas indiscretas, en el túnel que pasaba bajo la colina. El paso subterráneo estaba desierto y Lucas aceleró en la larga recta que desembocaba en las puertas de Chinatown. Los tubos de neón desfilaban por encima del parabrisas, iluminando el habitáculo con destellos blancos intermitentes. El limpiaparabrisas se detuvo.

—Debe de ser una mala conexión —dijo Lucas en el momento en que las bombillas de los faros estallaban simultáneamente.

—¡Más de una! —repuso Zofia—. ¡Frena, no se ve casi nada!

—Me encantaría —contestó Lucas pisando el pedal, que no oponía ninguna resistencia.

Aunque había levantado el pie del acelerador, el coche había alcanzado tal velocidad que no se detendría antes del final del túnel, donde se cruzaban cinco avenidas. Eso no implicaba ninguna consecuencia para él, sabía que era invencible, pero volvió la cabeza y miró a Zofia. En una fracción de segundo, apretó el volante con todas sus fuerzas y gritó:

—¡Agárrate!

Con mano firme, desvió el vehículo hacia la pared hasta tocar el bordillo; grandes haces de chispas saltaron junto a la ventanilla. Sonaron dos detonaciones: acababan de reventarse los neumáticos. El coche dio una serie de bandazos antes de atravesarse. La rejilla del radiador chocó contra el raíl de seguridad, el eje trasero se levantó y el vehículo comenzó a dar vueltas de campana. El Buick acabó con el techo en el suelo, deslizándose inexorablemente hacia la salida del túnel. Zofia apretó los puños y el coche se quedó por fin inmóvil a tan sólo unos metros del cruce. Incluso cabeza abajo, a Lucas le bastó mirar a Zofia para saber que estaba indemne.

—¿No te has hecho nada? —le preguntó ella.

—¿Estás de broma? —repuso él, sacudiéndose el polvo.

—Esto es lo que se llama una reacción en cadena —dijo Zofia, contorsionándose para colocarse en una postura menos incómoda.

—Probablemente, así que salgamos de aquí antes de que el próximo eslabón nos caiga encima —contestó Lucas, dando una patada a la puerta para abrirla.

Rodeó la carcasa humeante para ayudar a Zofia a salir. En cuanto ella estuvo en pie, la agarró de la mano y se la llevó corriendo. Los dos se escabulleron a toda prisa hacia el centro del barrio chino.

—¿Por qué corremos tanto? —preguntó Zofia. Lucas continuó sin decir nada—. ¿Puedo al menos recuperar mi mano? —dijo ella, jadeando.

Lucas la soltó y se detuvo ante una calleja iluminada por unas débiles luces.

—Entremos ahí —dijo, señalando un pequeño restaurante—. Estaremos menos expuestos.

—¿Expuestos a qué? ¿Qué pasa? Pareces un zorro al acecho perseguido por una jauría de perros.

—¡Deprisa! —Lucas abrió la puerta, pero, en vista de que Zofia no se movía ni un centímetro, se acercó a ella para arrastrarla hacia el interior. Ella se resistió—. ¡No es el momento! —insistió Lucas, tirándole del brazo.

Zofia se desasió y lo apartó.

—Acabas de hacer que tengamos un accidente, me obligas a correr a toda velocidad cuando nadie nos persigue, tengo los pulmones que me estallan y no me das ni la más mínima explicación...

—Ven conmigo, no tenemos tiempo de discutir.

—¿Por qué voy a confiar en ti?

Lucas retrocedió hacia el pequeño local. Zofia lo observaba, vacilante, pero acabó por seguirlo. La sala era diminuta; había ocho mesas. Lucas escogió la del fondo, le ofreció una silla a Zofia y se sentó también. No abrió la carta que el anciano vestido con traje tradicional le presentaba; se limitó a pedirle cortésmente, en un mandarín perfecto, una infusión que no figuraba en la carta. El hombre se inclinó antes de dirigirse a la cocina.

—¡O me explicas lo que pasa, Lucas, o me voy!

—Creo que acabo de recibir una advertencia.

—¿No ha sido un accidente? ¿De qué quieren advertirte?

—¡De ti!

—Pero ¿por qué?

Lucas inspiró antes de responder:

—PORQUE LO HABÍAN PREVISTO TODO, SALVO QUE NOS CONOCIÉRAMOS.

Zofia tomó una porción de pan de gamba del pequeño bol de porcelana azul y se lo comió despacio ante la mirada desconcertada de Lucas. Él le sirvió una taza del té humeante que el anciano acababa de dejar sobre la mesa.

—Me gustaría muchísimo creerte pero, ¿qué harías tú en mi lugar?

—Me levantaría ahora mismo y me iría de aquí.

—¡No irás a empezar otra vez!

—Y preferentemente por la puerta de atrás.

—¿Y es eso lo que desearías que hiciera?

—Desde luego. Sin volverte bajo ningún pretexto, cuando cuente tres te levantas y cruzamos la cortina. ¡Ya!

La agarró de la muñeca y la arrastró sin miramientos. Después de atravesar la cocina a toda velocidad, golpeó con el hombro la puerta que daba al patio y se abrió paso empujando un contenedor de basura, cuyas ruedas chirriaron. Zofia comprendió por fin lo que ocurría al ver una silueta que se recortaba en la oscuridad. A la sombra de figura humana, se sumaba la del arma automática que apuntaba en su dirección. Zofia tuvo unos segundos para constatar con una rápida mirada que tres paredes los cercaban, antes de que cinco detonaciones desgarraran el silencio.

Lucas se abalanzó sobre ella para cubrirla con su cuerpo. Zofia intentó apartarlo, pero él la inmovilizó contra la pared.

El primer disparo le dio en un muslo; el segundo le rozó la pelvis e hizo que se le doblaran las rodillas, pero se recuperó enseguida; el tercer impacto rebotó en sus costillas, produciéndole un dolor sorprendente; el cuarto proyectil hizo lo mismo contra la columna vertebral; Lucas se quedó sin respiración y le costó recobrarla. Cuando el quinto proyectil lo alcanzó, fue como si una llama le quemara la carne; la quinta bala era la primera que penetraba en su cuerpo..., bajo el hombro izquierdo.

El agresor huyó inmediatamente después de haber cometido el crimen. Cuando el eco de las detonaciones se apagó, sólo quedó la respiración de Zofia para turbar el silencio. La joven estrechaba entre sus brazos a Lucas, cuya cabeza descansaba en su hombro. Él tenía los ojos cerrados y parecía sonreírle aún.

—Lucas... —le susurró al oído, acunando su cuerpo inerte.

En vista de que no respondía, lo sacudió un poco más fuerte.

—¡Lucas, no hagas el tonto, abre los ojos!

Él parecía dormir con la misma placidez que un niño abandonado al sueño. Y cuanto más invadía el miedo a Zofia, más fuerte lo abrazaba. Cuando una lágrima empezó a correrle por la mejilla, sintió que una fuerza inaudita le oprimía el pecho y se sobresaltó.

—Esto no podía sucedernos, somos...

—¿Invencibles?... ¿Inmortales? ¡Sí! Todo tiene sus ventajas y sus inconvenientes, ¿verdad? —dijo Lucas en un tono casi jovial mientras se enderezaba.

Zofia lo miró, incapaz de comprender el estado de ánimo que la invadía. Lucas acercó lentamente el rostro al suyo; ella se resistió hasta que los labios de él rozaron los suyos en un beso de sabor opiáceo. Zofia retrocedió y se miró la palma enrojecida de la mano.

—Entonces, ¿por qué sangras?

Lucas siguió el hilillo rojo que le corría por el brazo.

—¡Es absolutamente imposible! ¡Esto tampoco estaba previsto! —dijo.

Luego se desvaneció.

Zofia lo sostuvo entre sus brazos.

—¿Qué nos está pasando? —preguntó Lucas cuando volvió en sí.

—En lo que a mí respecta, es bastante complicado. En lo que respecta a ti, creo que una bala te ha atravesado el hombro.

—¡Me duele!

—Tal vez te parezca ilógico, pero es normal. Tenemos que ir al hospital.

—¡Ni hablar!

—Lucas, no poseo ningún conocimiento médico en demonología, pero yo diría que tienes sangre y que estás perdiéndola.

—Conozco a alguien en la otra punta de la ciudad que puede coserme la herida —dijo, apretándose el hombro.

—Yo también conozco a alguien, y tú vas a acompañarme sin discutir, porque la noche ya ha sido bastante agitada. Creo que he cubierto mi cupo de emociones.

Zofia lo sujetó y lo llevó hacia el callejón. En la entrada vio el cuerpo de su agresor, que yacía inánime bajo un montón de cubos de basura. Zofia miró sorprendida a Lucas.

—Bueno, tengo un mínimo de amor propio —dijo él, pasando de largo.

Pararon un taxi, que diez minutos más tarde los dejó en la puerta de la casa de Zofia. Ésta lo guió hacia la escalera de entrada y le indicó con una seña que no hiciera ruido. Abrió la puerta con mil precauciones y subieron la escalera en silencio. Cuando llegaron al descansillo, la puerta de Reina se cerró muy despacio.

Petrificado tras su mesa de trabajo, Blaise apagó la pantalla de control. Las manos le chorreaban y tenía la frente bañada en abundante sudor. Cuando sonó el teléfono, conectó el contestador automático y oyó a Lucifer invitándolo en un tono poco afable al comité de crisis que se celebraría a la hora del ocaso oriental.

—Te conviene llegar puntual, con soluciones y una nueva definición de «¡está todo controlado!» —concluyó el Presidente antes de colgar, furioso.

Se agarró la cabeza entre las manos. Temblando de arriba abajo, descolgó el teléfono, que se le escapó de entre los dedos.

Miguel miraba la pared cubierta de pantallas que tenía enfrente. Descolgó el teléfono y marcó el número de la línea directa de Houston. El contestador automático saltó. Se encogió de hombros y consultó el reloj: diez minutos más tarde, el *Ariane V* saldría de la rampa de lanzamiento en Guayana.

Después de haber instalado a Lucas en su cama, con el hombro apoyado sobre dos gruesas almohadas, Zofia se acercó al armario. Sacó la caja de costura que estaba en el estante superior, escogió una botella de alcohol del botiquín del cuarto de baño y volvió al dormitorio. Se sentó a su lado, destapó la botella y sumergió el hilo de coser en el desinfectante. A continuación trató de enhebrar la aguja.

—El zurcido va a ser una carnicería —dijo Lucas sonriendo, burlón—. ¡Estás temblando!

—¡De eso nada! —repuso ella en tono triunfal, al tiempo que el hilo pasaba por fin a través del ojo de la aguja.

Lucas le asió la mano y la apartó con suavidad. Le acarició una mejilla y la atrajo hacia sí.

—Temo que mi presencia resulte comprometedora para ti.

—Tengo que confesar que las noches en tu compañía están plagadas de sucesos imprevistos.

—Cosas del jefe.

—¿Por qué ha hecho que te disparen?

—Para ponerme a prueba y llegar a las mismas conclusiones que tú, supongo. No debería haber resultado herido. Pierdo mis poderes por estar en contacto contigo, y casi sería capaz de rezar para que también sucediera lo contrario.

—¿Qué piensas hacer?

—A ti no se atreverá a atacarte.

Zofia miró a Lucas al fondo de los ojos.

—No me refiero a eso. ¿Qué haremos dentro de dos días?

Lucas rozó con la yema de los dedos los labios de Zofia y ella dejó que lo hiciera.

—¿En qué estás pensando? —le preguntó la joven, confusa, reanudando la sutura.

—El día que cayó el muro de Berlín, los hombres y las mujeres descubrieron que sus calles eran muy parecidas. A ambos lados las bordeaban casas, circulaban coches por ellas, había farolas que las iluminaban de noche. Sus dichas y desdichas no eran las mismas, pero tanto los niños del Este como los del Oeste se dieron cuenta de que lo opuesto no se parecía a lo que les habían contado.

—¿Por qué dices eso?

—Porque oigo a Rostropovitch tocar el violonchelo.

—¿Qué obra? —preguntó Zofia, acabando el tercer punto de sutura.

—Es la primera vez que la oigo. ¡Eh, me has hecho daño!

Zofia se acercó a Lucas para cortar el hilo con los dientes. Apoyó la cabeza sobre su torso desnudo y esta vez se abandonó. El silencio los unía. Lucas deslizaba los dedos entre el cabello de Zofia, acunándole la cabeza con caricias. Ella se estremeció.

—Dos días pasan volando.

—Sí —susurró él.

—Nos separarán. Es inevitable.

Y por primera vez, tanto Zofia como Lucas temieron la eternidad.

—¿Se podría negociar que te dejara venir conmigo? —dijo Zofia con voz insegura.

—No es posible negociar con el Presidente, sobre todo cuando le has plantado cara. De todas formas, mucho me temo que el acceso a tu mundo esté fuera de mi alcance.

—Pero antes había muchos lugares de paso entre el

Este y el Oeste, ¿no? —dijo Zofia, acercando de nuevo la aguja al borde de la herida. Lucas hizo una mueca y profirió un grito—. Esta zona la tienes muy sensible, apenas te he tocado. Tengo que darte algunos puntos más.

De repente, la puerta se abrió y apareció Mathilde, apoyada en la escoba que le servía de muleta.

—Yo no tengo la culpa de que las paredes de tu casa sean de papel —dijo mientras se acercaba a ellos cojeando. Se sentó a los pies de la cama—. Dame esa aguja —le dijo en tono autoritario a Zofia—. Y tú, acércate —le ordenó a Lucas—. ¡Menuda suerte tienes! Soy zurda. —Cosió las heridas con mano ágil. Tres puntos de sutura a cada lado del hombro bastaron para cerrarlas—. Después de dos años detrás de la barra de un tugurio, acabas teniendo unas aptitudes de enfermera insospechadas, sobre todo cuando estás enamorada del jefe. Por cierto, sobre esa cuestión tengo dos o tres cosas que deciros a los dos antes de volver a mi cama. Después haré todo lo que pueda para convencerme de que estoy durmiendo y de que mañana por la mañana me partiré de risa recordando el sueño que estoy teniendo en estos momentos.

Mathilde se dirigió a su habitación con la muleta improvisada. En el umbral de la puerta, se volvió para mirarlos.

—Da igual que seáis o no lo que creo que sois. Antes de conocerte, Zofia, pensaba que las verdaderas oportunidades de esta Tierra sólo existían en las novelas malas; al parecer, se las reconocía precisamente por eso. Pero fuiste tú quien me dijo un día que lo peor de nosotros siempre tiene unas alas escondidas en algún sitio, que hay que ayudarlo a abrirlas en lugar de condenarlo. Así que date una verdadera oportunidad, porque si yo hubiera tenido una con él, te aseguro que no la habría desaprovechado. En cuanto a ti, el herido, si le chafas aunque sólo sea una pluma, volveré a darte los puntos de sutura con una aguja de hacer media. Y no pongáis esa cara. Sea lo que sea lo que tengáis que afrontar, os prohíbo terminantemente a los dos que os deis por vencidos, porque, si lo hacéis, el mundo entero se va a venir abajo, o en cualquier caso, el mío.

La puerta se cerró a su espalda. Lucas y Zofia permanecieron callados. Escucharon sus pasos sobre el parquet del salón. Desde la cama, Mathilde gritó:

—¡Hace mucho que te decía que esos aires de mosquita muerta te hacían parecer un ángel! ¡Pues ya puedes dejar de encogerte de hombros! ¡No era tan tonta como parecía!

Agarró el interruptor de la lámpara que estaba sobre la mesita y dio un brusco tirón del cable. El disyuntor saltó de inmediato. La luz de la luna se filtró a través de los visillos de todas las ventanas. Mathilde se tapó la cabeza con la almohada. En el dormitorio, Zofia se acurrucó contra Lucas.

El sonido de las campanas de Grace Cathedral entró por la ventana entreabierta del cuarto de baño. El eco de la duodécima campanada se extendió sobre la ciudad.

Y atardeció y amaneció...

Quinto día

Estaba clareando el quinto día y los dos dormían. Hasta ellos llegaba el fresco del amanecer perfumado de otoño por la ventana abierta. Zofia se acurrucó contra Lucas. Los gemidos de Mathilde la habían sacado de su agitado sueño. Se desperezó y enseguida se quedó inmóvil al percatarse de que no estaba sola. Apartó despacio la manta y se levantó vestida con la ropa del día anterior. Salió al salón de puntillas.

—¿Te duele?

—Es que estaba en una mala postura. Lo siento, no quería despertarte.

—No te preocupes, estaba medio despierta. Voy a prepararte un té. —Zofia entró en la cocina y contempló el semblante huraño de su amiga—. ¡Acabas de ganarte un chocolate caliente! —dijo, abriendo el frigorífico.

Mathilde apartó la cortina. En la calle, todavía desierta, un hombre salía de una casa con un perro sujeto de una correa.

—Me encantaría tener un labrador, pero sólo de pensar en que tendría que pasearlo todas las mañanas me entran ganas de inyectarme Prozac directamente en vena —dijo Mathilde, soltando la cortina.

—Uno es responsable de lo que domestica —afirmó Zofia—, y no es una frase mía.

—Has hecho bien en precisarlo. ¿Tenéis planes, Lu y tú?

—¡Hace dos días que nos conocemos! Además, se llama Lucas.

—¿Y yo qué he dicho?

—No, no tenemos planes.

—Pues eso no puede ser. Cuando se son dos, siempre se tienen planes.

—¿Y de dónde has sacado eso?

—Es así, hay estampas de felicidad que no tenemos derecho a cambiar; podemos colorearlas, pero sin salirnos de los bordes. Uno y uno son dos, dos es igual a pareja y pareja es igual a proyectos. ¡Es así y no de otra manera!

Zofia rompió a reír. En el cazo, la leche subió; la vertió en la taza y removió despacio el chocolate en polvo.

—Toma, bebe en vez de decir tonterías —dijo, llevándole el preparado humeante—. ¿Dónde has visto una pareja?

—¡Me pones frenética! Hace tres años que te oigo hablar del amor, que si el amor esto, que si el amor aquello... ¿De qué te sirven todos esos cuentos de hadas, si te niegas desde el principio a interpretar el papel de princesa?

—¡Qué metáfora tan romántica!

—Sí, mucho, pero, si no te importa, ve a «metaforear» con él. Te advierto que, si no haces nada, en cuanto tenga la pierna en condiciones te lo robo sin ningún remordimiento.

—Ya veremos. La situación no es tan sencilla como parece.

—¿Conoces alguna historia de amor que sea sencilla? Zofia, siempre te he visto sola, y eras tú quien me decía: «Somos los únicos responsables de nuestra felicidad.» Pues bien, hija mía, tu felicidad mide un metro ochenta y cinco y pesa setenta y ocho kilos de puro músculo, así que, por favor, no pases por su lado. Tratándose de felicidad, hay que ponerse debajo.

—¡Muy ingenioso y muy delicado!

—No, es pragmático. Por cierto, creo que «felicidad» está despertándose, así que haz el favor de ir a verlo ahora mismo, porque me gustaría respirar un poco de aire. ¡Vamos, despeja el salón, largo!

Zofia meneó la cabeza y volvió al dormitorio. Se sentó a los pies de la cama y observó el despertar de Lucas. Desperezarse bostezando le daba aspecto de felino. El joven entreabrió los ojos e inmediatamente una sonrisa le iluminó el rostro.

—¿Hace mucho rato que estás ahí? —le preguntó.

—¿Qué tal el brazo?

—Ya no noto casi nada —dijo él, efectuando un movimiento de rotación del hombro acompañado de una mueca de dolor.

—Ahora sin hacerte el macho: ¿qué tal el brazo?

—¡Me duele horrores!

—Entonces, descansa. Quería prepararte algo, pero no sé qué tomas para desayunar.

—Veinte creps y otros tantos cruasanes.

—¿Café o té? —preguntó ella levantándose.

Lucas la contempló; su semblante se había ensombrecido. La asió de la muñeca y la atrajo hacia sí.

—¿Has tenido alguna vez la impresión de que el mundo te abandonaría tras de sí, la sensación de que, al mirar cada rincón de la habitación que ocupas, el espacio mengua, la convicción de que tu ropa se ha quedado vieja durante la noche, de que en cada espejo tu reflejo interpreta el papel de tu miseria sin ningún espectador, sin que ello te produzca ya ninguna sensación de bienestar, porque piensas que nada te quiere y que tú no quieres a nadie, que toda esa nada no será más que el vacío de tu propia existencia?

Zofia rozó los labios de Lucas con la yema de los dedos.

—No pienses eso.

—Entonces, no me dejes.

—Sólo iba a preparar un café. —Se acercó a él—. No sé si la solución existe, pero la encontraremos —susurró.

—No debo dejar que se me entumezca el hombro. Ve a ducharte y yo me ocuparé del desayuno.

Ella aceptó de buen grado y desapareció. Lucas miró su camisa colgada en la estructura de la cama: tenía una manga manchada de sangre seca y se la arrancó. Se acercó a la ventana, la abrió y contempló los tejados que se extendían a sus pies; en la bahía sonaba la sirena de niebla de un gran carguero, como en respuesta a las campanadas de Grace Cathedral. Hizo una bola con la tela manchada y la arrojó a lo lejos antes de cerrar la ventana. Después dio unos pasos hacia el cuarto de baño y pegó una oreja a la puerta. El ruido del agua lo reconfortó; respiró hondo y salió del dormitorio.

—Voy a hacer café, ¿quieres? —le preguntó a Mathilde.

Ella le mostró la taza de chocolate caliente.

—He dejado los excitantes junto con todo lo demás, pero he oído lo de las creps y me conformaré con el diez por ciento del botín.

—El cinco como máximo —contestó Lucas, pasando al otro lado de la barra—, y sólo si me dices dónde está la cafetera.

—Lucas, anoche oí algunos fragmentos de vuestra conversación y la verdad es que era como para pellizcarse para comprobar si estabas despierta. En la época en que me drogaba, no digo..., en fin, no me habría hecho ninguna pregunta, pero ahora..., bueno, no creo que la aspirina provoque viajes así. ¿De qué hablabais exactamente?

—Habíamos bebido mucho los dos, debimos de decir muchas tonterías. No te preocupes, puedes continuar tomando analgésicos sin miedo a los efectos secundarios.

Mathilde miró la chaqueta que Lucas llevaba el día anterior; estaba colgada del respaldo de una silla y tenía la espalda acribillada de impactos de bala.

—¿Y siempre que pilláis una tajada os da por dedicaros al tiro de pichón?

—Siempre —respondió él, abriendo la puerta del dormitorio.

—En cualquier caso, el corte es bueno. Lástima que el sastre no le reforzara las hombreras.

—Se lo diré para la próxima vez, confía en mí.

—Confío en ti. Que te siente bien la ducha.

Reina entró en la habitación y, mirando a Mathilde, dejó el periódico y una gran bolsa de pastas sobre la mesa.

—Creo que voy a dedicarme al Bed & Breakfast, y que nadie critique mis desayunos porque podría quitarme clientes, nunca se sabe. ¿Se han despertado los tortolitos?

—Están en el dormitorio —dijo Mathilde, alzando los ojos al cielo.

—Cuando le dije que lo contrario de todo es nada, no pensé que se lo tomaría tan al pie de la letra.

—¡Usted no ha visto al animal con el torso desnudo!

—No, pero, a mi edad, no hay mucha diferencia entre eso y un chimpancé.

Reina disponía los cruasanes en una fuente al tiempo que miraba, intrigada, la chaqueta de Lucas.

—Diles que procuren no llevarla a la tintorería de la esquina. Soy clienta. Bueno, me vuelvo abajo.

Y sin añadir nada más, salió al rellano.

Zofia y Lucas se sentaron a la mesa para compartir el desayuno en trío. En cuanto Lucas hubo engullido la última pasta, recogieron las cosas e instalaron cómodamente a Mathilde en la cama. Zofia decidió que Lucas la acompañara, y lo primero que tenía que hacer era una visita a los muelles. Descolgó la gabardina del perchero; Lucas dirigió una mirada de asco a la chaqueta, cuyo aspecto era lamentable. Mathilde comentó que una camisa con una sola manga le parecía demasiado original para el barrio adonde iba. Ella tenía una camisa de hombre y se ofrecía a prestársela con la condición de que le prometiera devolvérsela tal como se la había llevado; él le dio las gracias. Unos minutos más tarde, se disponían a salir a la calle cuando la voz de Reina los llamó al orden. Estaba en medio de la entrada con los brazos en jarras y observaba de arriba abajo a Lucas.

—Viéndolo así, hay buenas razones para pensar que es de constitución fuerte, pero así y todo no tiente al demonio exponiéndose a pasar frío. Acompáñeme.

Entró en sus habitaciones y abrió su viejo ropero. La puerta de madera chirrió sobre sus goznes. Reina apartó algunas cosas para sacar una chaqueta colgada de una percha y se la tendió a Lucas.

—Está un poco anticuada, aunque, en mi opinión, el príncipe de Gales no pasará nunca de moda, y además, el *tweed* abriga mucho.

Ayudó a Lucas a ponerse la americana, que parecía hecha a su medida, y miró a Zofia por el rabillo del ojo.

—No intentes averiguar de quién era, haz el favor. A mi edad, una hace lo que le da la gana con sus recuerdos.

Se dobló en dos y se apoyó en la repisa de la chimenea haciendo una mueca. Zofia se precipitó hacia ella.

—¿Qué le pasa, Reina?

—Nada grave, un simple dolor de vientre, no tienes por qué alarmarte.

—¡Está blanca como el papel, y parece agotada!

—Hace diez años que no tomo el sol, y además, a mi edad es inevitable levantarse algunos días cansada, así que no te preocupes.

—¿No quiere que la lleve a que la vea un médico?

—¡Sólo me faltaría eso! ¡Los médicos que se queden en su casa, que yo me quedo en la mía! Es la única manera de llevarme bien con ellos.

Les hizo una seña con la mano que significaba «marchaos, marchaos, se nota que los dos tenéis prisa».

Zofia vaciló antes de obedecer.

—Zofia...

—Dime, Reina.

—Ese álbum que tenías tantas ganas de ver, creo que

me gustaría enseñártelo. Pero son fotos muy especiales y quisiera que las vieras a la luz del atardecer. Es la que mejor les va.

—Como quiera, Reina.

—Entonces, ven a verme esta tarde a las cinco. Y sé puntual.

—Vendré, se lo prometo.

—Y ahora, marchaos los dos, ya os he entretenido bastante con mis historias de vieja. Lucas, cuide la chaqueta... Apreciaba al hombre que la llevaba más que a nada en el mundo.

Cuando el coche se alejó, Reina dejó caer la cortina de la ventana y masculló mientras arreglaba uno de los ramos que adornaban la mesa:

—Comida, techo..., ¡sólo faltaba la ropa!

Bajaron por la calle California. En el semáforo del cruce con la calle Polk se detuvieron justo al lado del coche del inspector Pilguez. Zofia bajó la ventanilla para saludarlo. El policía estaba escuchando un mensaje que le transmitían por radio.

—No sé qué pasa esta semana, pero están todos volviéndose locos. Es la quinta pelea seria en Chinatown. Los dejo, que pasen un buen día —dijo, poniéndose en marcha.

El vehículo del policía giró a la izquierda con la sirena en marcha; el suyo se detuvo, diez minutos después, al final del muelle 80. Miraron el viejo carguero que se balanceaba indolentemente en el extremo de las amarras.

—Se me ha ocurrido una idea que quizá pueda evitar lo inevitable —dijo Zofia—: llevarte conmigo.

Lucas la miró, inquieto.

—¿Adónde?

—Con los míos. Ven conmigo, Lucas.

—¿Cómo? ¿Por obra y gracia del Espíritu Santo? —repuso Lucas con ironía.

—Cuando uno no quiere seguir trabajando para una empresa, tiene que hacer todo lo contrario de lo que se espera de él. ¡Haz que te despidan!

—¿Tú has leído mi currículo? ¿Crees que puedo borrarlo o reescribirlo en cuarenta y ocho horas? Y aunque pudiera, ¿crees de verdad que tu familia me recibiría con los brazos abiertos y el corazón rebosante de buenos sentimientos? Zofia, antes de que hubiera cruzado el umbral de tu casa, una horda de guardias se abalanzaría sobre mí para devolverme al lugar del que procedo, y dudo mucho que hiciera el viaje de vuelta en primera clase.

—He dedicado mi alma a los demás, a convencerlos de que no se resignen nunca a la fatalidad, así que ahora me toca a mí, me ha llegado el momento de saborear la felicidad, de ser feliz. El paraíso es ser dos, y me lo merezco.

—Pides lo imposible. Su oposición es demasiado grande, jamás dejarán que nos amemos.

—Bastaría un poco de esperanza, un indicio. Tan sólo tú puedes decidir cambiar, Lucas; dales una prueba de buena voluntad.

—¡Me gustaría tanto que lo que dices fuese verdad y que resultara tan fácil!

—¡Entonces, inténtalo, por favor!

Lucas no contestó y se hizo el silencio. Se alejó unos pasos hacia el estrave herrumbroso del gran buque. Cada vez que sus amarras crujían al tensarse, emitiendo unos chirridos salvajes, el *Valparaíso* adoptaba el aspecto de un animal que lucha para conquistar la libertad, para escoger su última morada: un hermoso naufragio en alta mar.

—Tengo miedo, Zofia...

—Yo también. Deja que te lleve a mi mundo, guiaré todos tus pasos, aprenderé tus despertares, inventaré tus noches, permaneceré junto a ti. Borraré todos los destinos escritos, coseré todas las heridas. Los días que la cólera te domine, te ataré las manos a la espalda para que no te hagas daño, pegaré mi boca a la tuya para ahogar tus gritos y nada será nunca más igual. Y si tú estás solo, estaremos solos en pareja.

Lucas la tomó entre sus brazos, le rozó una mejilla y le acarició una oreja con el timbre grave de su voz.

—Si supieras todos los caminos que he tomado para llegar hasta ti... No sabía, Zofia, me he equivocado muchas veces y siempre he vuelto a empezar con más alegría aún, con más orgullo. Quisiera que nuestro tiempo se detuviese para poder vivirlo, descubrirte y amarte como mereces, pero este tiempo nos une sin pertenecernos. Yo soy de otra sociedad donde todo es nadie, donde todo es único; yo soy el mal y tú el bien, yo soy tu diferencia, pero creo que te amo, así que pídeme lo que quieras.

—Tu confianza.

Abandonaron la zona portuaria y el coche subió por la calle Tercera. Zofia buscaba una gran arteria, un lugar de mucho paso, poblado de hombres y de vehículos.

Blaise entró avergonzado, con el semblante macilento, en el gran despacho.

—¿Vienes a darme la clase particular de ajedrez? —gritó el Presidente caminando arriba y abajo junto al interminable ventanal—. Vuelve a definirme el concepto de «jaque mate».

Blaise se acercó un gran sillón negro.

—¡Quédate de pie, cretino! ¡Aunque, no, siéntate, cuanto menos te veo, mejor me siento! Bien, para resumir la situación, parece ser que nuestra elite ha cambiado de chaqueta.

—Presidente...

—¡Calla! ¿Me has oído pedirte que hables? ¿Has visto que mi boca dijera que mis oídos desean escuchar el sonido de tu voz gangosa?

—Yo...

—¡Cállate!

El Presidente había chillado tan fuerte que Blaise se encogió cinco buenos centímetros.

—Es inadmisible que lo perdamos para nuestra causa —prosiguió el Presidente— y es inadmisible que perdamos sin más. ¡Llevaba toda la eternidad esperando esta semana y no voy a permitir que lo estropees todo, gusano! ¡No sé cuál era tu definición del infierno hasta ahora, pero es posible que tenga una nueva para ti! ¡Sigue callado! Arréglatelas para que no vuelva a ver moverse tus labios adiposos. ¿Tienes algún plan?

Blaise tomó una hoja de papel y escribió unas líneas a toda prisa. El Presidente le arrebató la nota y la leyó mientras se alejaba hacia el otro extremo de la mesa. Si la victoria parecía comprometida, se podía interrumpir la partida y empezar de nuevo. Blaise proponía llamar a Lucas antes de que finalizara el plazo. Lucifer, furibundo, arrugó el papel antes de arrojarlo contra Blaise.

—Lucas me lo pagará muy caro. Tráelo aquí antes del anochecer, ¡y esta vez que no se te ocurra fallar!

—No vendrá de buen grado.

—¿Insinúas que su voluntad es superior a la mía?

—Insinúo simplemente que tendrá que morir...

—¡Dejando a un lado un pequeño detalle..., hace tiempo que lo está, imbécil!

—Si una bala ha podido herirlo, existen otros medios de alcanzarlo.

—¡Entonces, encuéntralos en vez de hablar!

Blaise se eclipsó. Era mediodía; el sol se pondría al cabo de cinco horas, lo que le dejaba poco tiempo para redactar un terrible contrato. Para organizar el asesinato de su mejor agente, no podía dejar nada en manos del azar.

El Ford estaba aparcado en la intersección de Polk y California, frente a una gran superficie comercial. A esas horas del día, la caravana de coches era interminable. Zofia vio a un hombre mayor con un bastón, que parecía dudar en aventurarse a cruzar por el paso de cebra. Disponía de muy poco tiempo para atravesar los cuatro carriles.

—¿Y ahora qué hacemos? —preguntó Lucas, desanimado.

—Ayúdalo —respondió ella, señalando al anciano.

—¿Es una broma?

—En absoluto.

—¿Quieres que ayude a un viejo a cruzar una avenida? No me parece tan complicado...

—Entonces, hazlo.

—Muy bien, voy a hacerlo —dijo Lucas, andando hacia atrás. Se acercó al hombre, pero enseguida volvió sobre sus pasos—. No le encuentro ningún sentido a lo que me pides.

—¿Prefieres empezar pasándote la tarde animando a personas hospitalizadas? Tampoco es una cosa muy complicada; basta con ayudarlos a asearse, preguntarles cómo les va, tranquilizarlos sobre la evolución de su estado, sentarse a su lado y leerles el periódico...

—¡Está bien! ¡Voy a ocuparme del viejo!

Se alejó de nuevo... e inmediatamente regresó junto a Zofia.

—¡Te lo advierto, si ese mocoso de ahí enfrente que está jugando con su teléfono con cámara digital hace una sola foto, lo mando a jugar al satélite de una patada en el culo!

—¡Lucas!

—¡Vale, vale! ¡Ya voy!

Lucas, sin ningún miramiento, arrastró de un brazo al hombre, que lo miraba desconcertado.

—¡No creo que hayas venido a contar los coches, así que agarra bien fuerte el bastón o harás en solitario la travesía de la calle California!

El semáforo se puso en rojo y la pareja avanzó por la calzada. En la segunda raya del paso de cebra, Lucas empezó a sudar; en la tercera, tuvo la impresión de que una colonia de hormigas se había instalado en los músculos de sus piernas; en la cuarta, le dio un violento calambre. Tenía el corazón desbocado, y al aire cada vez le costaba más encontrar sus pulmones. Antes de llegar al centro de la calzada, Lucas se ahogaba. La zona protegida permitía hacer un alto, de cualquier forma impuesto por el color del semáforo, que acababa de ponerse en verde, igual que el semblante de Lucas.

—¿Se encuentra bien, joven? —preguntó el anciano—. ¿Quiere que lo ayude a cruzar? No se suelte de mi brazo, ya falta poco.

Lucas se apoderó del pañuelo de papel que el hombre le tendía para secarse la frente.

—¡No puedo! —dijo con voz trémula—. ¡Me resulta imposible! ¡Lo siento, lo siento mucho!

Y salió corriendo hacia el coche donde Zofia lo esperaba sentada sobre el capó, con los brazos cruzados.

—¿Piensas dejarlo ahí?

—¡He estado a punto de dejarme el pellejo! —dijo Lucas, jadeando.

Zofia, sin siquiera oír el final de la frase, se precipitó entre los coches, que tocaban el claxon, para alcanzar la plataforma central. Una vez allí, asió al anciano.

—Estoy avergonzada, terriblemente avergonzada. Es un principiante, era la primera vez que lo hacía —dijo, nerviosa.

El hombre se rascó la nuca mirando a Zofia cada vez más intrigado. Mientras el semáforo se ponía en rojo, Lucas llamó a Zofia.

—¡Déjalo ahí! —gritó.

—¿Qué dices?

—¡Me has oído perfectamente! Yo he recorrido la mitad del camino hacia ti; ahora te toca a ti recorrer la otra mitad hacia mí. ¡Déjalo donde está!

—¿Te has vuelto loco?

—¡No, lógico! He leído en un magnífico libro de Hilton que amar es compartir, dar cada uno un paso hacia el otro. Tú me has pedido lo imposible y yo lo he hecho por ti; acepta tú también renunciar a una parte de ti misma. Deja a ese hombre donde está. ¡O el viejecito o yo!

El anciano le dio unas palmadas en el hombro a Zofia.

—No quiero interrumpirlos, pero al final van a conseguir que llegue tarde. Vamos, vaya a reunirse con su amigo.

Y sin esperar más, el hombre cruzó la otra mitad de la avenida.

Zofia encontró a Lucas apoyado en el coche; había tristeza en su mirada. Él le abrió la puerta, esperó a que se sentara y se instaló al volante, pero el Ford permaneció inmóvil.

—No me mires así, siento muchísimo no haber podido llegar hasta el final —dijo.

Ella respiró hondo antes de decir, pensativa:

—Hacen falta cien años para que crezca un árbol y sólo unos minutos para quemarlo...

—Sí, pero ¿adónde quieres ir a parar?

—Iré a vivir a tu casa. Yo te acompañaré a ti , Lucas.

—¡Ni lo pienses!

—Ya lo creo que sí.

—No te dejaré hacer eso por nada del mundo.

—Me voy contigo, Lucas, está decidido.

—No podrás.

—Has sido tú quien me ha dicho que no me subestime. Es realmente paradójico, pero los tuyos me recibirán con los brazos abiertos. ¡Enséñame el mal, Lucas!

Él miró largamente su singular belleza. Zofia, perdida en el silencio de un entre-dos-universos, estaba resuelta a emprender un viaje cuyo destino ignoraba pero cuya intención le hacía no temer nada. Y, por primera vez, el deseo se volvió más fuerte que la consecuencia, por primera vez, amar adquiría un sentido distinto de todo lo que había podido imaginar. Lucas arrancó y condujo deprisa hacia los bajos fondos.

Blaise, sobreexcitado, descolgó el teléfono y masculló que lo pusieran con el Presidente o, mejor aún, que le anunciaran su inminente visita. Se secó las manos en los pantalones y retiró la cinta de la grabadora. Se dirigió corriendo hacia el final del pasillo todo lo deprisa que le permitían sus cortas piernas, como un auténtico pato. Inmediatamente después de haber llamado, entró en el despacho del Presidente, que lo recibió levantando una mano.

—¡Cállate! ¡Ya lo sé!

—¡Yo tenía razón! —exclamó el inefable Blaise sin poder contenerse.

—¡Tal vez! —repuso el Presidente con altanería.

Blaise dio un brinco de alegría y se golpeó con fuerza la palma de una mano con el puño de la otra.

—¡Habrá jaque mate! —siguió diciendo en un tono de satisfacción—. Porque yo estaba en lo cierto, sí, ¡Lucas es un genio! Ha atraído a su agente de elite a nuestro bando, ¡qué sublime victoria! —Blaise tragó saliva antes de continuar—: Hay que interrumpir inmediatamente el procedimiento, pero necesito su firma.

Lucifer se levantó y se puso a caminar junto al ventanal.

—Pobre Blaise, eres tan tonto que algunos días me pregunto si tu presencia aquí no es un error de orientación. ¿A qué hora se ejecutará nuestro contrato?

—La explosión tendrá lugar a las cinco en punto de la tarde —contestó su subordinado, consultando febrilmente el reloj.

Contaban exactamente con cuarenta y dos minutos para cancelar la operación que Blaise había preparado concienzudamente.

—¡No podemos perder ni un segundo, Presidente!

—Tenemos tiempo de sobra, y nos aseguraremos la victoria sin correr el menor riesgo de redención. No cambiaremos nada de lo que estaba previsto..., salvo un detalle —dijo Satán frotándose la barbilla—. A las cinco en punto, los traeremos a los dos.

—Pero ¿cómo reaccionará nuestro adversario? —preguntó Blaise, presa del nerviosismo.

—Un accidente es un accidente. Por lo que sé, no he sido yo quien ha inventado el azar. Prepara una recepción para cuando lleguen. ¡Sólo tienes cuarenta minutos!

El cruce de Broadway con la avenida Colombus era desde siempre el lugar predilecto de todos los vicios del género humano. Allí se traficaba con droga, con cuerpos de mujeres y de hombres abandonados por la vida. Lucas se situó a la entrada de una estrecha y sombría callejuela. Bajo una escalera medio en ruinas, una joven prostituta era víctima de malos tratos por parte de su chulo, que le estaba dando una paliza brutal.

—Mira atentamente —dijo Lucas—. Éste es mi universo, la otra cara de la naturaleza humana, ésa contra la que tú quieres luchar. Ve a buscar tu parte de bondad en ese montón de inmundicia, abre bien los ojos y verás la podredumbre, la decadencia, la violencia en estado puro. La puta que está muriendo ante ti se deja humillar y golpear sin oponer resistencia por el hombre que la vende. Le quedan unos instantes de vida; unos golpes más y entregará su degradada alma. Ésa es la razón de esta terrible apuesta que nos une. ¿Querías que te enseñara el mal, Zofia? Con una clase es suficiente para que toda su dimensión te pertenezca y te comprometa para siempre. Recorre esa calleja, acepta no intervenir; ya verás, no hacer nada es de una facilidad desconcertante. Haz como ellos, sigue tu camino haciendo caso omiso de esa miseria, yo te esperaré al otro lado. Cuando llegues, habrás cambiado. Es el paso del entre-dos-mundos, el paso del que no hay esperanza de volver.

Zofia bajó del coche y éste se alejó. Se adentró en una penumbra en la que cada vez le resultaba más difícil dar el siguiente paso. Miró a lo lejos e intentó con todas su fuerzas resistir. Bajo sus pies, la calleja se extendía hasta el infinito en una alfombra de piltrafas desperdigadas que ensuciaban el tortuoso pavimento.

Las paredes estaban mugrientas. Vio a Sarah, la prostituta, postrada por los golpes que llovían sobre ella a ráfagas. Tenía en la boca múltiples heridas de las que manaba una sangre negra como un abismo, su cabeza se bamboleaba, su espalda estaba destrozada, sus costillas crujían una tras otra bajo el aluvión de golpes, pero de repente se puso a luchar. Luchaba para no caerse, para no dejar su vientre a merced de las patadas que acabarían con la poca vida que le quedaba. Al recibir un puñetazo en la mandíbula, su cabeza se estrelló contra la pared; el choque fue inusitado, la resonancia en el interior de su cráneo, terrible.

Sarah la vio, como un último destello de esperanza, como un milagro concedido a alguien que creía en Dios desde siempre. Entonces Zofia apretó los dientes, apretó los puños, siguió su camino... y aminoró el paso. Detrás de ella, la mujer apoyó una rodilla en el suelo, sin encontrar ya fuerzas ni siquiera para gemir. Zofia no veía la mano del hombre, que se alzaba como un mazo sobre la nuca resignada de la prostituta. Entre una bruma de lágrimas, dominada por unas náuseas indescriptibles, reconoció en el otro extremo de la calleja la sombra de Lucas, que la esperaba con los brazos cruzados.

Se detuvo, todo su ser se inmovilizó, y gritó su nombre. Con un grito de dolor que no podía imaginar, lo llamó tan fuerte que desgarró todos los silencios del mundo, condenó todos los abismos durante una fracción de segundo que nadie vio. Lucas corrió hacia ella, pasó de largo, agarró al hombre y lo arrojó al suelo. Éste se levantó de inmediato y se abalanzó sobre él. Lucas le respondió con una violencia indescriptible y el hombre se retorció. Desangrándose, delataba la tragedia de su arrogancia derrotada, último terror que lo acompañaba en la muerte.

Lucas se agachó ante el cuerpo inanimado de Sarah. Le tomó el pulso, deslizó las manos por debajo de su cuerpo y la levantó.

—Ven —le dijo a Zofia en voz baja—, no podemos perder tiempo. Tú conoces mejor que nadie el camino del hospital; guíame, yo conduciré, tú no estás en condiciones de hacerlo.

Tendieron a la joven en el asiento trasero, Zofia sacó el girofaro de la guantera y conectó la sirena. Eran las cuatro y media, el Ford se dirigía a toda velocidad al hospital Memorial de San Francisco, estarían allí apenas un cuarto de hora más tarde.

En cuanto llegaron a urgencias, dos médicos, uno de ellos reanimador, se hicieron cargo inmediatamente de Sarah. La chica tenía la caja torácica hundida, las radiografías mostraron un hematoma en el lóbulo occipital sin lesión cerebral aparente y un politraumatismo facial. Un escáner confirmaría que su vida no estaba en peligro, aunque había faltado poco.

Lucas y Zofia salieron del aparcamiento.

—Estás más blanca que el papel. No has sido tú quien le ha pegado, Zofia, he sido yo.

—He fracasado, Lucas, soy tan incapaz de cambiar como tú.

—Si lo hubieras conseguido, te habría odiado. Lo que me atrae de ti es lo que eres, Zofia, no lo que serías para adaptarte a mí. Yo no quiero que cambies.

—Entonces, ¿por qué has hecho eso?

—Para que comprendas que mi diferencia es también la tuya, para que no me juzgues, como tampoco yo te juzgo a ti, porque la falta de tiempo que nos aleja podría también acercarnos.

Zofia miró el reloj del salpicadero y se sobresaltó.

—¿Qué te pasa?

—Voy a faltar a la promesa que le he hecho a Reina y voy a darle un disgusto. Sé que habrá hecho un té, que se habrá pasado la tarde preparando dulces y que me espera.

—No es tan grave. Te disculpará.

—Sí, pero se sentirá decepcionada. Le he jurado que sería puntual; era importante para ella.

—¿A qué hora habíais quedado?

—A las cinco en punto.

Lucas miró su reloj; eran las cinco menos diez y el tránsito que había les dejaba pocas esperanzas de cumplir la promesa de Zofia.

—Llegarás con un cuarto de hora de retraso como mucho.

—Será demasiado tarde, se habrá puesto el sol. Ella necesitaba determinada luz para enseñarme las fotos; era una especie de apoyo, de pretexto para abrir ciertas páginas de su memoria. He trabajado tanto para que su corazón se liberara... Le debía estar a su lado. La verdad es que ya no soy gran cosa.

Lucas miró de nuevo su reloj y le acarició la mejilla a Zofia haciendo un mohín.

—Vamos a dar otra vueltecita con el girofaro y la sirena puestos. Nos quedan siete minutos para llegar a tiempo, así que no hay que eternizarse. ¡Abróchate el cinturón!

El Ford se pasó inmediatamente al carril izquierdo y subió por la calle California a toda velocidad. En el norte de la ciudad, todos los semáforos se acompasaron para formar una magnífica avenida de luces rojas y dejar libres todos los cruces por los que pasaban.

—¡Ya voy, ya voy! —contestó Reina a la campanilla que avisaba del final de la cocción.

Se agachó para sacar el bizcocho del horno de gas. La bandeja caliente pesaba demasiado para que pudiera sostenerla con una sola mano. Dejó abierta la puerta del horno y puso el bizcocho sobre el banco de la cocina. Procurando no quemarse, lo pasó a una tabla de madera y, con un cuchillo ancho y fino, empezó a cortarlo. Se enjugó la frente y notó que unas gotas le resbalaban por la nuca. Ella nunca sudaba; debía de ser a causa de ese terrible cansancio que sentía desde la mañana. Dejó un momento el bizcocho para ir al dormitorio. Una ráfaga de aire entró entonces en la cocina. Cuando regresó, Reina miró el reloj y se apresuró a colocar las tazas en la bandeja. A su espalda, una de las siete velas dispuestas sobre la superficie de trabajo se había apagado, la que estaba más cerca de la cocina de gas.

El Ford giró en Van Ness y Lucas aprovechó la curva para consultar el reloj: aún tenían cinco minutos para llegar a la hora. La aguja del cuentakilómetros se desplazó hacia los números más altos.

Reina se acercó al viejo armario y abrió la puerta, cuya madera crujió. Sus manos, delicadamente manchadas por los años, se metieron bajo la pila de ropa blanca de encaje, antigua, y sus frágiles dedos se cerraron sobre el álbum de tapas de piel cuarteadas. Cerró los ojos y las olió antes de dejar el álbum en el suelo, sobre la alfombra extendida en el centro del salón. Sólo le faltaba calentar el agua y toda estaría a punto; Zofia llegaría de un momento a otro. Notó que el corazón le latía un poco más deprisa y se concentró en controlar la emoción que la dominaba. Volvió a la cocina y se preguntó dónde había podido dejar las cerillas.

Zofia se agarraba lo mejor que podía del asa de encima de la portezuela. Lucas le sonrió.

—¡No te puedes ni imaginar la cantidad de coches que he conducido sin rayar jamás ninguno! Dos semáforos más, y llegaremos a tu calle. Relájate, sólo son las cinco menos dos minutos.

Reina rebuscó en los cajones del aparador, después en los del trinchero y por último en los de la despensa sin ningún resultado. Apartó la cortina de debajo del banco y miró atentamente en los estantes. Al levantarse, sintió un ligero vértigo y sacudió la cabeza antes de seguir buscando.

—Pero ¿dónde las habré metido? —masculló.

Miró a su alrededor y finalmente vio la cajita sobre el reborde del fogón.

—Si llega a ser un toro... —se dijo, haciendo girar la llave del quemador.

Los neumáticos del coche chirriaron en la curva. Lucas acababa de adentrarse en Pacific Heights y la casa estaba a menos de cien metros. Le anunció con orgullo a Zofia que llegaría como mucho con quince segundos de retraso. Desconectó la sirena... y, en la cocina, Reina encendió la cerilla.

La explosión hizo estallar al instante todos los cristales de la casa. Lucas pisó con los dos pies el pedal del freno y el Ford dio un bandazo, evitando por los pelos la puerta de entrada, que había salido disparada hacia la calle. Zofia y Lucas se miraron, horrorizados: la planta baja estaba envuelta en llamas, les era imposible cruzar semejante muro de fuego. Eran las cinco... y apenas unos segundos.

Mathilde había sido proyectada al centro del salón. A su alrededor, todo estaba por el suelo: la mesita yacía a su lado, el cuadro de encima de la chimenea se había roto al caer, esparciendo mil fragmentos de cristal sobre la alfombra. La puerta del frigorífico colgaba de las bisagras, la gran lámpara se balanceaba, peligrosamente suspendida de los cables eléctricos. Un olor acre de humo se filtraba ya a través del suelo. Mathilde se incorporó y se pasó las manos por la cara para retirar el polvo que la cubría. La escayola se había rajado de arriba abajo. Separó con decisión los bordes y la arrojó lejos. Haciendo acopio de todas sus fuerzas, se apoyó en el respaldo de la silla volcada y se levantó. Avanzó cojeando entre los escombros, tocó la puerta de entrada y, como no estaba caliente, salió al rellano y se acercó a la barandilla. Al asomarse, vio por dónde podría abrirse camino entre los numerosos focos del incendio y empezó a bajar la escalera haciendo caso omiso de las dolorosas punzadas que sentía en la pierna. En el recibidor, la temperatura era insoportable; tenía la impresión de que el pelo y las pestañas se le iban a incendiar de un momento a otro. Delante de ella, una viga al rojo vivo se desprendió del techo, arrastrando en su caída una lluvia de brasas rojizas. El concierto de crujidos de madera era ensordecedor, el aire que aspiraba le quemaba los pulmones; cada vez que inspiraba, Mathilde se asfixiaba. El último peldaño le despertó demasiado vivamente el dolor, las piernas le fallaron y cayó cuan larga era. En el suelo, aprovechó el poco oxígeno que quedaba en la habitación. Inspiró y espiró a costa de grandes esfuerzos y se rehízo. A su derecha había un enorme boquete en la pared; le bastaría arrastrarse unos metros para salvar la vida. Pero a su izquierda, a la misma distancia, Reina yacía boca arriba. Sus miradas se cruzaron a través de un velo de humo. Reina le indicó con la mano que se marchara y le señaló la abertura.

Mathilde se puso en pie con un grito de dolor. Apretando las mandíbulas hasta casi partirse los dientes, avanzó hacia Reina. Cada paso asestaba un puñetazo en su carne. Apartó los jirones de artesonado lamidos por el fuego y continuó avanzando. Entró en las habitaciones de Reina y se tendió a su lado para recobrar el aliento.

—Voy a ayudarla a levantarse, usted agárrese a mí —dijo, jadeando.

Reina pestañeó en señal de asentimiento. Mathilde pasó un brazo por debajo de la nuca de la anciana e intentó levantarla.

El dolor fue insoportable, una constelación de estrellas la cegó, perdió el equilibrio.

—Sálvate tú —dijo Reina—. No discutas y sal de aquí. Dile a Zofia de mi parte que la quiero; dile también que me ha encantado conversar contigo, que eres muy cariñosa. Eres una chica maravillosa, Mathilde, tienes un corazón de oro; simplemente debes tratar de escoger mejor a quién se lo entregas. Vamos, vete antes de que sea demasiado tarde. De todas formas, quería que esparcieran mis cenizas alrededor de la casa, así que más o menos se habrá cumplido mi voluntad.

—¿Cree que hay una pequeña posibilidad de que yo sea menos cabezota que usted a su edad? Recupero el aliento en dos segundos y volvemos a intentarlo. Saldremos de aquí las dos juntas... o no saldremos.

Lucas apareció en el hueco de la puerta y avanzó hacia ellas. Se arrodilló delante de Mathilde y le explicó cómo iban a salir los tres de entre las llamas.

Se quitó la chaqueta de *tweed*, le cubrió la cabeza a Reina para protegerle la cara y la tomó en brazos. Cuando dio la señal, Mathilde se agarró a sus caderas y lo siguió perfectamente pegada a su cuerpo, que hacía de pantalla. Unos segundos más tarde, los tres escapaban del infierno.

Lucas continuó sosteniendo en brazos a Reina, mientras que Mathilde se abandonó entre los de Zofia, que se había acercado corriendo a ella. Las sirenas de los servicios de urgencias se aproximaban. Zofia tendió a su amiga sobre el césped de la casa contigua.

Reina abrió los ojos y miró a Lucas con una sonrisa maliciosa en la comisura de los labios.

—Si me hubieran dicho que un joven tan guapo...

Pero un acceso de tos le impidió proseguir.

—Conserve las fuerzas.

—Te sienta bien el papel de príncipe azul, pero debes de estar miope perdido, porque, francamente, a tu alrededor hay cosas mucho mejores que la que tienes en brazos.

—Usted posee un gran encanto, Reina.

—¡Sí, tanto como una bicicleta antigua en un museo! No la pierdas, Lucas; hay errores que uno no se perdona nunca, créeme. Y ahora, si tienes la bondad de dejarme en el suelo, creo que otro va a venir a buscarme.

—No diga tonterías.

—Y tú no las hagas.

Los servicios de urgencias acababan de llegar. Los bomberos se ocuparon inmediatamente del incendio. Pilguez corrió hacia Mathilde y Lucas se acercó a los dos hombres que empujaban una camilla. Los ayudó a tumbar a Reina. Zofia se reunió con él y subió a la ambulancia.

—¡Nos veremos en el hospital! ¡Dejo a Mathilde a tu cargo!

Un policía había pedido otra ambulancia, pero Pilguez hizo cancelar la orden. Para ganar tiempo, llevaría a Mathilde él mismo. Ordenó a Lucas que lo acompañara y entre los dos la levantaron para instalarla en el asiento trasero del vehículo. La ambulancia de Reina ya estaba lejos.

Un torbellino de luces azules y rojas centelleaba dentro del habitáculo. Reina miró por la ventanilla y apretó la mano de Zofia.

—Es curioso, el día que nos vamos, pensamos en todo lo que no hemos visto.

—Estoy aquí, Reina —murmuró Zofia—. Descanse.

—Todas mis fotos se han quemado menos una. La he llevado encima, escondida, toda la vida. Era para ti, quería dártela esta noche.

Reina alargó un brazo y abrió la mano, que estaba vacía. Zofia la miró, desconcertada, y Reina le sonrió.

—Has pensado que había perdido la chaveta, ¿eh? Es la foto del hijo que nunca tuve, sin duda habría sido la más bonita. Tómala y guárdatela junto al corazón; el mío la ha echado mucho de menos. Zofia, sé que un día harás algo que me enorgullecerá para siempre. Querías saber si el Bachert era simplemente un cuento bonito... Te diré la verdad. Le corresponde a cada uno hacer que su historia sea verdadera. No renuncies a tu vida y lucha.

Reina le acarició una mejilla con ternura.

—Y acércate que te dé un beso. ¡Si supieras cuánto te quiero! Me has dado años de auténtica felicidad.

Estrechó a Zofia entre sus brazos y le ofreció en ese abrazo todas las fuerzas que le quedaban.

—Ahora voy a descansar un poco, voy a tener mucho tiempo para descansar.

Zofia respiró hondo para contener las lágrimas. Apoyó la cabeza en el pecho de Reina, que respiraba lentamente. La ambulancia llegó a la entrada de urgencias y las puertas se abrieron. Se llevaron a Reina y, por segunda vez esa semana, Zofia se sentó en la sala de espera reservada a los familiares de los pacientes.

En el interior de la casa de Reina, las tapas de piel cuarteadas de un viejo álbum acababan de consumirse.

Las puertas se abrieron de nuevo para dar paso a Mathilde, sostenida por Lucas y Pilguez. Una enfermera se precipitó hacia ellos empujando una silla de ruedas.

—¡Déjelo! —dijo Pilguez—. ¡Nos ha amenazado con irse si la sentábamos ahí!

La enfermera recitó de memoria el reglamento de las admisiones en el hospital y Mathilde se plegó a las razones de las aseguradoras sentándose a regañadientes en la silla de ruedas. Zofia se acercó a ella.

—¿Cómo te encuentras?

—De maravilla.

Un interno fue a buscar a Mathilde y la llevó a un box para examinarla. Zofia prometió esperarla.

—¡No demasiado! —dijo Pilguez a su espalda.

Zofia se volvió hacia él.

—Lucas me lo ha contado todo en el coche —añadió.

—¿Qué le ha dicho?

—Que ciertos asuntos inmobiliarios no sólo le habían granjeado amigos. Zofia, creo muy en serio que están los dos en peligro. Cuando vi a su amigo en el restaurante hace unos días, pensé que trabajaba para el Gobierno y no que había ido a verla a usted. Dos explosiones de gas en una semana, en dos lugares donde usted estaba, es demasiada coincidencia.

—La primera, la del restaurante, creo que fue un accidente de verdad —dijo Lucas desde el otro extremo de la sala.

—Tal vez —contestó el inspector—. En cualquier caso, es un trabajo de profesionales, porque no hemos conseguido encontrar el menor indicio que permita suponer que se trata de otra cosa. Los que han organizado esto son demoníacos, y no sé qué puede detenerlos mientras no hayan alcanzado su objetivo. A ustedes habrá que protegerlos, y tendrá que ayudarme a convencer a su amiguito de que colabore.

—Será difícil.

—¡Hágalo antes de que ardan todos los barrios de la ciudad! Entretanto, la llevaré a un lugar seguro donde pasar la noche. El director del Sheraton del aeropuerto me debe algunos favores y ha llegado el momento de que se los cobre. La recibirá en el más absoluto secreto.

Voy a llamarlo y la acompañaré. Vaya a despedirse de su amiga.

Zofia apartó la cortina y entró en el box donde estaba Mathilde.

—¿Qué te han dicho? —le preguntó, acercándose a ella.

—Nada importante. Van a ponerme una escayola nueva y quieren tenerme en observación para asegurarse de que no he inhalado demasiados humos tóxicos. ¡Los pobres! ¡Si supieran todas las cosas tóxicas que me he tragado, no estarían tan preocupados! ¿Cómo está Reina?

—No muy bien. Se la han llevado al servicio de quemados. Está durmiendo y no podemos verla; la han puesto en una habitación esterilizada, en la cuarta planta.

—¿Vendrás a buscarme mañana?

Zofia se volvió de espaldas y miró el panel luminoso donde estaban colgadas las radiografías.

—Matilde, no creo que pueda venir.

—No sé por qué, pero lo sospechaba. Es el destino de los amigos, alegrarse de que el otro rompa un día su celibato, aunque eso signifique la soledad para uno. Voy a añorar mucho los ratos que hemos pasado juntas.

—Yo también. Me voy de viaje, Mathilde.

—¿Estarás mucho tiempo fuera?

—Sí, bastante.

—Pero volverás, ¿no?

—No lo sé.

La tristeza nubló los ojos a Mathilde.

—Creo que comprendo. Vive, Zofia, el amor acaba pronto, pero los recuerdos duran mucho tiempo.

Zofia abrazó con fuerza a Mathilde.

—¿Serás feliz? —preguntó ésta.

—Todavía no lo sé.

—¿Podremos telefonearnos de vez en cuando?

—No, no creo que sea posible.

—¿Tan lejos está el sitio adonde te lleva?

—Muy lejos. Por favor, no llores.

—No lloro, es que todavía me pican los ojos del humo. Vamos, vete.

—Cuídate —dijo Zofia en voz baja, alejándose.

Apartó la cortina y volvió a mirar a su amiga con los ojos llenos de tristeza.

—¿Podrás arreglártelas sola?

—Cuídate tú también... por una vez —dijo Mathilde.

Zofia sonrió y el velo blanco cayó de nuevo.

El inspector Pilguez iba al volante y Lucas a su lado. El motor ya estaba en marcha. Zofia subió detrás. El vehículo se alejó del hospital y tomó la dirección de la autopista. Ninguno decía nada.

Zofia, muy afectada, revivía algunos recuerdos proyectados en las fachadas y los cruces que desfilaban tras la ventanilla. Lucas inclinó el retrovisor para mirarla; Pilguez hizo una mueca y lo enderezó. Lucas esperó unos segundos y volvió a desplazarlo.

—¿Le molesta que conduzca? —gruñó Pilguez, colocándolo bien de nuevo.

Bajó la visera del lado del pasajero, dejó a la vista el espejo y apoyó las manos en el volante.

El coche salió de la autopista 101 a la altura del paseo South Airport. Al cabo de unos instantes, el inspector estacionaba en el aparcamiento del Sheraton.

El director del hotel les había reservado una suite en la sexta planta, la última. Habían sido registrados con el nombre de Oliver y Mary Sweet. Pilguez les había explicado, encogiéndose de hombros, que no había nada mejor para llamar la atención que los Doe y los Smith. Antes de despedirse, les aconsejó que no salieran de la suite y que llamaran al servicio de habitaciones para que les llevaran lo que les apeteciera comer. Les dio el número de su busca y les informó de que iría a buscarlos al día siguiente antes de mediodía. Si se aburrían, podían ponerse a redactar un informe sobre los acontecimientos de la semana, así le ahorrarían trabajo a él. Lucas y Zofia le dieron las gracias lo suficiente para que se sintiera incómodo y se marchó, ceñudo, alternando los «adiós» con algunos «ya vale, ya vale». Eran las diez de la noche cuando la puerta de la suite se cerró tras ellos.

Zofia se metió en el cuarto de baño. Lucas se tumbó en la cama, tomó el mando a distancia del televisor y empezó a pasar de una cadena a otra. Los programas le hicieron bostezar enseguida y apagó el aparato. Oía el ruido del agua al otro lado de la puerta; Zofia estaba duchándose. Se miró la punta de los zapatos, colocó bien la vuelta de los pantalones, juntó las rodillas y tiró de la raya. Se levantó, abrió el minibar, lo cerró enseguida, se acercó a la ventana, apartó el visillo, vio el aparcamiento desierto y volvió a tumbarse. Observó su caja torácica, que se hinchaba y deshinchaba al ritmo de su respiración, suspiró, examinó la pantalla de la lámpara de la mesilla de noche, desplazó el cenicero ligeramente a la derecha y abrió el cajón. Le llamó la atención el libro, de tapa dura, con el nombre del hotel grabado; lo sacó y empezó a leer. Las primeras líneas lo sumieron en un completo desconcierto. Prosiguió la lectura pasando las páginas cada vez más deprisa. Al llegar a la séptima, se levantó fuera de sí y llamó a la puerta del cuarto de baño.

—¿Puedo pasar?

—Un momento —dijo Zofia, poniéndose un albornoz.

Cuando abrió, lo encontró indignado, caminando arriba y abajo ante la puerta.

—¿Qué pasa? —preguntó, inquieta.

—¡Pasa que nadie respeta ya nada! —Agitó el librito que tenía en la mano y prosiguió, señalando la cubierta—: ¡Este Sheraton ha copiado de cabo a rabo el libro de Hilton! Y sé de lo que hablo, es mi autor preferido.

Zofia le quitó el libro de las manos y se lo devolvió de inmediato.

—¡Es la Biblia, Lucas! —Ante su expresión interrogativa, añadió, desanimada—: ¡Olvídalo!

No se atrevía a decirle que tenía hambre, pero él lo adivinó por la forma en que hojeaba el folleto del servicio de habitaciones.

—Hay una cosa que me gustaría entender —dijo Zofia—. ¿Por qué ponen horarios delante del menú de cada comida del día? ¿Qué significa eso? ¿Que pasadas las diez y media de la mañana tienen que guardar los cereales en una caja fuerte provista de cerradura con fechador, que no podrán abrir hasta el día siguiente? ¡Es un poco raro, la verdad! ¿Y si te apetece comer cereales a las diez y media de la noche? ¡Y mira, hacen lo mismo con las creps! ¡Claro que no hay más que mirar la longitud del cable del secador de pelo para entenderlo todo! El que inventó ese sistema debía ser calvo. Tienes que ponerte a diez centímetros de la pared para secarte un mechón.

Lucas la tomó entre sus brazos y la estrechó contra sí para calmarla.

—¡Te estás volviendo muy exigente!

Ella miró a su alrededor y se sonrojó.

—Puede ser.

—Tienes hambre.

—En absoluto.

—Yo creo que sí.

—Está bien, tomaré un bocado, pero sólo para complacerte.

—¿Frosties o Special K?

—Esos que crujen al mascarlos.

—Rice Krispies. Yo me encargo de pedirlos.

—Sin leche.

—Nada de leche —dijo Lucas, descolgando el teléfono.

—Pero azúcar sí, mucho azúcar.

—Lo pido también.

Cuando colgó, fue a sentarse al lado de ella.

—¿No has pedido nada para ti? —preguntó Zofia.

—No, no tengo hambre —respondió Lucas.

Después de que el servicio de habitaciones les entregara lo que habían pedido, Zofia extendió una toalla sobre la cama y puso la comida encima. Cada vez que tomaba una cucharada, le daba otra a Lucas, que la aceptaba de buen grado. Un relámpago iluminó el cielo a lo lejos. Lucas se levantó y corrió las cortinas. Luego volvió a tenderse al lado de ella.

—Mañana encontraré una solución para escapar de ellos —dijo Zofia—. Tiene que haber una manera.

—No digas nada —murmuró Lucas—. Hubiera querido pasar domingos fantásticos, vivir mañanas contigo soñando que habría muchos más, pero sólo nos queda un día, y quiero que ése lo vivamos de verdad.

El albornoz de Zofia se abrió un poco y él lo cerró. Ella acercó los labios a los suyos y murmuró.

—Tómame.

—No, Zofia, las pequeñas alas que llevas tatuadas en el hombro te sientan muy bien y no quiero que las quemes.

—Quiero ir contigo.

—Pero no así, no para eso.

Lucas buscó a tientas el interruptor de la lámpara. Zofia se acurrucó contra él.

En su habitación del hospital, Mathilde apagó la luz. Esa noche también se dormiría justo encima de la cama de Reina. Las campanas de la catedral dieron las doce.

Y atardeció y amaneció...

Sexto día

Se había acercado de puntillas a la ventana mientras Lucas seguía durmiendo. Había descorrido las cortinas para descubrir el amanecer de una mañana de noviembre. Miró el sol que atravesaba la bruma y se volvió para contemplar a Lucas, que estaba desperezándose.

—¿Has dormido? —preguntó el joven.

Ella se ajustó el albornoz y apoyó la frente en el cristal.

—Te he pedido el desayuno, no tardarán en traerlo. Voy a arreglarme.

—¿Tan urgente es? —dijo él, asiéndola de la muñeca para atraerla hacia sí.

Zofia se sentó en el borde de la cama y le pasó una mano por el cabello.

—¿Sabes lo que es el Bachert —le preguntó.

—Me suena, he debido de leer esa palabra en algún sitio —respondió Lucas, frunciendo el entrecejo.

—No quiero que nos rindamos.

—Zofia, el infierno nos pisa los talones, sólo nos queda hasta mañana y ningún lugar adonde huir. Quedémonos aquí los dos y vivamos el tiempo de que disponemos.

—No, yo no me plegaré a su voluntad. No soy un peón en su tablero y quiero encontrar el movimiento que ellos no hayan previsto. Siempre hay un rebelde que se esconde entre los imposibles.

—Estás hablando de un milagro, y ésa no es precisamente mi especialidad.

—¡Pero se supone que es la mía! —dijo ella, levantándose para abrir al camarero del servicio de habitaciones.

Firmó la nota, cerró la puerta y empujó la mesa con ruedas hasta el dormitorio.

—Ahora estoy demasiado lejos de sus pensamientos para que puedan oírme —dijo.

Zofia llenó una taza de cereales y los cubrió con tres sobrecitos de azúcar.

—¿De verdad no quieres leche? —preguntó Lucas.

—No, gracias, los ablanda.

Miró por la ventana la ciudad que se extendía a lo lejos y sintió que la cólera la invadía.

—¡No puedo mirar estas paredes a mi alrededor y decirme que ahora son más inmortales que nosotros! ¡Me pone a cien!

—¡Bienvenida a la Tierra, Zofia!

Lucas entró en el cuarto de baño y dejó la puerta entornada. Zofia apartó la bandeja, pensativa. Se levantó, se puso a caminar por el saloncito, regresó al dormitorio y se tendió en la cama. El libro que estaba sobre la mesilla de noche atrajo su atención y se puso en pie de un salto.

—¡Conozco un sitio! —gritó.

Lucas asomó la cabeza por la puerta entreabierta. Una nube de vaho le envolvía el rostro.

—Yo también conozco un montón de sitios.

—Hablo en serio, Lucas.

—Yo también —dijo él en tono guasón—. ¿Piensas darme algún detalle más? En esta posición estoy la mitad caliente y la mitad frío. Hay una gran diferencia de temperatura entre las dos habitaciones.

—Conozco un sitio en la Tierra donde abogar por nuestra causa.

Parecía tan triste y tan alterada, tan frágil en su esperanza, que Lucas se inquietó.

—¿Qué sitio es ése?

—El verdadero techo del mundo, la montaña sagrada donde todos los cultos conviven y se respetan, el monte Sinaí. Estoy segura de que, desde allá arriba, podré seguir hablándole a mi Padre y tal vez Él me oiga.

Lucas miró el reloj del vídeo.

—Averigua los horarios. Me visto en un momento.

Zofia se precipitó hacia el teléfono y marcó el número de información de transportes aéreos. El contestador automático le prometió que un operador la atendería. Impaciente, miró por la ventana a una gaviota que emprendía el vuelo. Un rato después, tenía varias uñas mordisqueadas y nadie había atendido su llamada. Lucas se le acercó por la espalda y la rodeó con los brazos para murmurar:

—Quince horas de vuelo como mínimo, a las que hay que añadir diez de diferencia horaria... Cuando lleguemos, ni siquiera podremos decirnos adiós en la acera del aeropuerto porque ya nos habrán separado. Es demasiado tarde, Zofia, el techo del mundo está demasiado lejos de aquí.

El auricular del teléfono volvió a ocupar su sitio. Zofia se volvió para sumergir sus ojos en el fondo de los de Lucas y se besaron por primera vez.

Mucho más al norte, la gaviota se posó sobre otra barandilla. Desde su habitación del hospital, Mathilde dejó un mensaje en el móvil de Zofia y colgó.

Zofia retrocedió unos pasos.

—Sé de una manera —dijo.

—No renunciarás, ¿verdad?

—¿A la esperanza? ¡Jamás! Estoy programada para eso. Acaba pronto de arreglarte y confía en mí.

—¡Pero si no hago otra cosa!

Diez minutos más tarde, salieron al aparcamiento del hotel y Zofia se dio cuenta de que necesitaban un coche.

—¿Cuál? —preguntó Lucas, desganado, mirando el parque de vehículos estacionados.

A petición de Zofia, se conformó con «tomar prestado» el más discreto. Enfilaron inmediatamente la autopista 101, esta vez en dirección norte. Lucas preguntó adónde iban, pero Zofia iba distraída buscando el móvil en el bolso y no le contestó. Antes de tener tiempo de marcar el número del inspector Pilguez para decirle que no fuese a buscarlos, sonó el aviso del buzón de voz.

«Soy yo, Mathilde, quería decirte que no te preocupes. Les he dado tanto la lata esta mañana que me dejarán salir antes de mediodía. He llamado a Manca; vendrá a buscarme para llevarme a casa, y me ha prometido que pasará todas las noches a llevarme la cena hasta que me recupere... A lo mejor lo alargo un poco... El estado de Reina no ha evolucionado, no puede recibir visitas, duerme. Zofia, hay cosas que decimos en las relaciones amorosas y no nos atrevemos a decir en las de amistad, pero, bueno, allá va: has sido mucho más que la luz de mis días o la cómplice de mis noches, has sido y sigues siendo mi amiga. Vayas a donde vayas, buena suerte. Ya te echo de menos.»

Zofia pulsó el botón con todas sus fuerzas y el móvil se apagó; lo dejó caer dentro del bolso.

—Ve hacia el centro de la ciudad.

—¿Adónde vamos? —preguntó Lucas.

—Dirígete hacia el Transamerica Building, la torre en forma de pirámide de la calle Montgomery.

Lucas paró en el arcén.

—¿A qué juegas?

—No siempre se puede contar con las vías aéreas, pero las del cielo siguen siendo inescrutables. ¡Arranca!

El viejo Chrysler siguió su camino en el silencio más absoluto. Dejaron la 101 en la salida de la calle Tercera.

—¿Hoy es viernes? —preguntó Zofia de repente, con aire de preocupación.

—¡Por desgracia! —contestó Lucas.

—¿Qué hora es?

—Me has pedido un coche discreto y, como ves, éste no da ni la hora. En fin, son las doce menos veinte.

—Tenemos que desviarnos un poco, debo cumplir una promesa. Ve al hospital, por favor.

Lucas giró para subir por la calle California y, diez minutos más tarde, entraron en el recinto del complejo hospitalario. Zofia le pidió que aparcara delante de la unidad de pediatría.

—Ven —dijo tras cerrar la portezuela de su lado.

Él la siguió por el vestíbulo hasta las puertas del ascensor. Ella lo tomó de la mano, entraron y pulsó un botón. La cabina subió hasta la séptima planta.

En el pasillo donde otros niños jugaban, vio al pequeño Thomas. Él le sonrió, ella le devolvió el saludo con un tierno ademán y se le acercó. Zofia reconoció al ángel que estaba a su lado y se detuvo. Lucas notó entonces que le estrechaba la mano. El niño asió de nuevo la de Gabriel y continuó su camino hacia el otro extremo del corredor sin apartar ni un momento la mirada de ella. En la puerta que daba al jardín de otoño, el niño se volvió por última vez. Abrió la mano y depositó un beso en la palma para enviárselo soplando. Cerró los ojos y, sonriendo, desapareció en la pálida luz de la mañana. Zofia cerró también los ojos.

—Ven —murmuró Lucas, tirando de ella.

Cuando el coche salió del aparcamiento, Zofia sintió náuseas.

—¿Hablabas de ciertos días en los que el mundo se nos echa encima? —dijo—. Hoy es uno de esos días.

Circularon por la ciudad sin intercambiar una palabra. Lucas no tomó ningún atajo, al contrario, escogió los caminos más largos. Condujo por la costa y se detuvo. La llevó a caminar por la playa ribeteada de espuma.

Una hora más tarde, llegaron al pie de la torre. Zofia dio tres vueltas al edificio sin encontrar un sitio para aparcar.

—Las multas de los coches robados no se pagan —dijo Lucas, alzando los ojos al cielo—. Aparca en cualquier sitio.

Zofia estacionó junto a la acera reservada para carga y descarga. Se dirigió hacia la entrada este y Lucas la siguió. Cuando la baldosa se desplazó, Lucas retrocedió instintivamente.

—¿Estás segura de lo que haces? —preguntó, inquieto.

—¡No! ¡Sígueme!

Recorrieron los pasillos que conducían al gran vestíbulo. Pedro estaba detrás del mostrador y se levantó al verlos.

—¡Menudo descaro, traerlo aquí! —exclamó, indignado.

—Necesito tu ayuda, Pedro.

—¿Es que no sabes que todo el mundo está buscándote y que todos los guardianes de la Morada andan detrás de vosotros? ¿Qué has hecho, Zofia?

—No tengo tiempo de explicártelo.

—Es la primera vez que veo a alguien con prisa aquí.

—Tienes que ayudarme, sólo puedo recurrir a ti. Debo ir al monte Sinaí, déjame acceder al camino que conduce allí por Jerusalén.

Pedro se frotó la barbilla mirándolos a los dos.

—No puedo hacer lo que me pides, no me lo perdonarían. En cambio —dijo, alejándose hacia la otra punta del vestíbulo—, es posible que tengas tiempo de encontrar lo que buscas mientras informo al servicio de seguridad de que estáis aquí. Mira en el compartimento central de la consola.

Zofia se precipitó detrás del mostrador y abrió todos

los cajones. Confiando en su instinto, escogió una llave y arrastró consigo a Lucas. Cuando la introdujo en la puerta camuflada en la pared, ésta se abrió. Entonces oyó la voz de Pedro a su espalda:

—Zofia, es un camino sin retorno, ¿sabes lo que haces?

—¡Gracias por todo, Pedro!

El hombre meneó la cabeza y tiró de una empuñadura que colgaba en el extremo de una cadena. Las campanas de Grace Cathedral sonaron y Zofia y Lucas apenas tuvieron tiempo de entrar en el estrecho corredor antes de que todas las puertas del gran vestíbulo se cerraran.

Unos instantes más tarde, salieron por una abertura practicada en la valla de un solar.

El sol inundaba con sus rayos la pequeña calle bordeada de edificios de tres o cuatro pisos con la fachada descolorida. Lucas puso cara de preocupación al mirar a su alrededor. Zofia se dirigió al primer hombre que pasó por su lado.

—¿Habla nuestra lengua?

—¿Tengo pinta de idiota? —repuso el hombre, ofendido, alejándose.

Zofia no se desanimó y se acercó a otro peatón que se disponía a cruzar.

—Estoy buscando...

Antes de que tuviera tiempo de acabar la frase, el hombre ya había llegado a la acera de enfrente.

—¡La gente no es muy acogedora para vivir en una ciudad santa! —dijo Lucas con ironía.

Zofia hizo caso omiso del comentario y abordó a una tercera persona, un hombre completamente vestido de negro, sin duda alguna un religioso.

—Padre —dijo—, ¿puede indicarme el camino para ir al monte Sinaí?

El sacerdote la miró de arriba abajo y se marchó encogiéndose de hombros. Lucas, apoyado en una farola con los brazos cruzados, sonreía. Zofia se volvió hacia una mujer que caminaba en su dirección.

—Señora, estoy buscando el monte Sinaí.

—No tiene ninguna gracia, señorita —contestó la transeúnte, alejándose.

Zofia se acercó al vendedor de salazones que estaba arreglando el escaparate de su tienda mientras hablaba con un repartidor.

—Buenos días, ¿alguno de ustedes podría indicarme cómo ir al monte Sinaí?

Los dos hombres se miraron, intrigados, y reanudaron su conversación sin prestar la menor atención a Zofia. Al cruzar la calle, ésta estuvo a punto de ser atropellada por un automovilista, que le dio un sonoro bocinazo.

—Son de lo más encantadores —dijo Lucas en voz baja.

Zofia giró sobre sí misma en busca de alguna ayuda. Sintió que la sangre se le subía a la cabeza, recogió una caja de madera vacía del comercio, bajó a la calzada para plantarse en medio del cruce, se subió al pequeño estrado improvisado y, con las manos en jarras, gritó:

—¿Tendría alguien la amabilidad de prestarme atención un minuto? Tengo que hacer una pregunta importante.

La calle se paralizó y todas las miradas convergieron en ella. Cinco hombres que pasaban en comitiva se acercaron y dijeron al unísono:

—¿Cuál es la pregunta? Nosotros tenemos una respuesta.

—Debo ir al monte Sinaí. Es urgente.

Los rabinos formaron un círculo a su alrededor. Se consultaron unos a otros y, gesticulando mucho, intercambiaron opiniones sobre la dirección más apropiada que indicar. Un hombre bajito se deslizó entre ellos para acercarse a Zofia.

—Acompáñeme —dijo—, tengo un coche, puedo llevarla.

Acto seguido, se dirigió hacia un viejo Ford aparcado

a unos metros de allí. Lucas se apartó de la farola y se sumó al cortejo.

—Dense prisa —añadió el hombre, abriendo las portezuelas—. Deberían haber dicho de entrada que se trataba de una urgencia.

Lucas y Zofia tomaron asiento detrás y el coche salió disparado. Lucas miró a su alrededor, frunció de nuevo el entrecejo y se inclinó hacia Zofia para decirle al oído:

—Sería más prudente tumbarse en el asiento. Me parece una estupidez dejar que nos descubran cuando estamos a punto de llegar.

Zofia no tenía ningunas ganas de discutir. Lucas se encogió y ella apoyó la cabeza en sus rodillas. El conductor echó un vistazo por el retrovisor. Lucas le devolvió una amplia sonrisa.

El coche circulaba a toda velocidad, zarandeando a los pasajeros. Una media hora más tarde, frenó en seco en un cruce.

—Al monte Sinaí querían ir y al monte Sinaí los he traído —dijo el hombre volviendo la cabeza, encantado.

Zofia, sin salir de su asombro, se incorporó. El conductor le tendía una mano.

—¿Ya? Creía que estaba mucho más lejos.

—Pues resulta que estaba mucho más cerca —contestó el conductor.

—¿Por qué me tiende la mano?

—¿Que por qué? —dijo el hombre, levantando la voz—. ¡Porque de Brooklyn al 1.470 de la avenida Madison son veinte dólares!

Zofia miró por la ventanilla y abrió los ojos con asombro al descubrir que la gran fachada del hospital Monte Sinaí de Manhattan se alzaba ante ella.

Lucas suspiró.

—Lo siento, no sabía cómo decírtelo.

Pagó al taxista e hizo salir del vehículo a Zofia, que

no decía ni media palabra. Fue tambaleándose hasta el banco de la parada del autobús y se sentó, alelada.

—Te has equivocado de monte Sinaí —dijo Lucas—. Has escogido la llave de la pequeña Jerusalén de Nueva York.

Se arrodilló ante ella y tomó sus manos entre las suyas.

—Zofia, déjalo ya... Si en miles de años no han conseguido resolver cuál debe ser la suerte del mundo, ¿de verdad crees que teníamos alguna posibilidad en siete días? Mañana a mediodía nos separarán, así que no perdamos ni un minuto del tiempo que nos queda. Conozco muy bien la ciudad. Déjame convertir este día en nuestro momento de eternidad.

La arrastró y caminaron por la Quinta Avenida en dirección a Central Park.

La llevó a un pequeño restaurante del Village. El jardín trasero estaba vacío en aquella época del año y pidieron que les sirviesen allí una comida de fiesta. Fueron hasta el SoHo, entraron en todas las tiendas, se cambiaron diez veces de ropa y les dieron las prendas del instante anterior a los vagabundos que encontraban por la calle. A las cinco, a Zofia le apeteció pasear bajo la lluvia; Lucas la hizo bajar por la rampa de un aparcamiento, encendió el mechero debajo de una alarma contraincendios y subieron tomados de la mano bajo un chaparrón único. Escaparon corriendo al oír las primeras sirenas de los bomberos. Se secaron ante la reja de un gigantesco extractor de aire y se refugiaron en un multicine. ¡Qué importaba el final de las películas! Para ellos, sólo contaba el principio. Cambiaron siete veces de sala sin perder ni una sola palomita durante sus carreras por los pasillos. Cuando salieron, la noche ya había caído sobre Union Square. Un taxi los dejó en la calle Cincuenta y Siete. Entraron en unos grandes almacenes que cerraban tarde. Lucas escogió un esmoquin negro; ella se inclinó por un moderno traje de chaqueta.

—Los pagos con tarjeta no los cargan hasta final de mes —le susurró al oído al ver que no se decidía a quedarse una estola.

Salieron por la Quinta Avenida y atravesaron el vestíbulo del gran edificio que bordeaba el parque. Subieron hasta el último piso. Desde la mesa que les asignaron, la vista era sublime. Probaron todos los platos que ella no conocía y Zofia saboreó los postres.

—Esto no te hace engordar hasta pasados unos días —dijo, escogiendo el *soufflé* de chocolate.

Eran las once de la noche cuando entraron en Central Park. Soplaba una suave brisa. Pasearon por los caminos bordeados de farolas y se sentaron en un banco, bajo un gran sauce. Lucas se quitó la chaqueta y le cubrió a Zofia los hombros. Ella miró el puentecito de piedra blanca cuya bóveda quedaba justo sobre el paseo y dijo:

—En la ciudad a la que quería llevarte, hay un gran muro. Los hombres escriben deseos en trozos de papel y los introducen entre las piedras. Nadie está autorizado a retirarlos.

Un vagabundo pasó por el camino, los saludó y su silueta desapareció en la penumbra, bajo el arco del puentecito. Transcurrió un rato en silencio. Lucas y Zofia miraron el cielo; una inmensa luna redonda difundía alrededor de ellos una luz plateada. Sus manos se juntaron. Lucas depositó un beso en la palma de Zofia, aspiró el perfume de su piel y murmuró:

—Un solo instante de ti valía todas las eternidades.

Zofia se acurrucó contra él.

Luego, Lucas tomó a Zofia entre sus brazos y, en la intimidad de la noche, la amó tiernamente.

Jules entró en el hospital. Fue hasta los ascensores sin que nadie reparara en él; los Ángeles Verificadores sabían hacerse invisibles cuando querían... Pulsó el botón de la cuarta planta. Cuando pasó por delante de la sala de guardia, la enfermera no vio la silueta que avanzaba en la penumbra del pasillo. Se detuvo ante la puerta de la habitación, se colocó bien los pantalones de *tweed* con estampado príncipe de Gales, llamó suavemente y entró de puntillas.

Se acercó, levantó la gasa que rodeaba la cama donde Reina dormía y se sentó a su lado. Reconoció la chaqueta que estaba en el perchero y la emoción le nubló la mirada. Acarició el rostro de Reina.

—Te he echado tanto de menos... —susurró Jules—. Diez años sin ti son muchos.

Depositó un beso en sus labios y la pequeña pantalla verde que estaba sobre la mesilla de noche rubricó la vida de Reina Sheridan con una larga raya continua.

La sombra de Reina se levantó y los dos partieron de la mano...

... En Central Park era medianoche y Zofia se dormía con la cabeza apoyada en un hombro de Lucas.

Y atardeció y amaneció...

Séptimo día

En Central Park soplaba una tenue brisa. La mano de Zofia resbaló sobre el respaldo del banco y cayó. El frío del amanecer la hacía estremecerse. Amodorrada, se subió el cuello del abrigo y recogió las piernas acercando las rodillas al pecho. La claridad del alba se filtraba a través de sus párpados cerrados. Se rebulló. No lejos de allí, un pájaro chilló en un árbol; Zofia reconoció el grito de una gaviota emprendiendo el vuelo. Se estiró y sus dedos buscaron a tientas la pierna de Lucas. Su mano fue subiendo por el asiento de madera sin encontrar nada. Zofia abrió los ojos para descubrir la soledad de su despertar.

Inmediatamente empezó a llamar, sin que nadie le respondiera. Entonces se levantó y miró a su alrededor. Las avenidas estaban desiertas; el rocío, intacto.

—Lucas... Lucas... Lucas...

Su voz sonaba cada vez más inquieta, más frágil, más desamparada. Giraba sobre sí misma gritando el nombre de Lucas hasta sentir vértigo. Un murmullo de hojas delataba que la brisa era la única presencia.

Zofia se acercó febrilmente hasta el puentecillo, tiritando de frío. Caminó junto al muro de piedra blanca y encontró una carta metida en un intersticio.

Zofia:

Cuando duermes estás preciosa. Esta última noche, te rebulles y te estremeces; yo te estrecho contra mí, te tapo con mi abrigo. Me habría gustado poder taparte con él todos los inviernos. Tus facciones están serenas, te acaricio una mejilla y, por primera vez en mi vida, me siento triste y feliz a la vez.

Es el fin de nuestro momento, el principio de un recuerdo que para mí durará eternamente. Cuando estábamos juntos, había en cada uno de nosotros tanta perfección y tanta imperfección al mismo tiempo...

Me marcharé al amanecer, me alejaré paso a paso para seguir disfrutando cada segundo de ti, hasta el último instante. Desapareceré detrás de este árbol para rendirme a la razón de lo peor.

Dejando que acaben conmigo, proclamaremos la victoria de los tuyos y, sean cuales sean las ofensas, te perdonarán. Regresa, amor mío, regresa a tu casa, que es donde debes estar. Me habría gustado tocar las paredes de tu morada con olor de sal, ver tus ventanas las mañanas que amanecen sobre horizontes que no conozco, pero que sé que son los tuyos. Has logrado lo imposible, has cambiado una parte de mí. Ahora quisiera meterme en tu cuerpo y no volver a ver jamás la luz del mundo sino a través del prisma de tus ojos.

Donde tú no existes, yo tampoco existo. Nuestras manos unidas inventaban una de diez dedos; la tuya, al posarse sobre mí, se volvía mía, hasta tal punto que, cuando tus ojos se cerraban, yo me dormía.

No estés triste, nadie podrá robarnos nuestros recuerdos. Ahora me basta cerrar los ojos para verte, dejar de respirar para notar tu olor, ponerme de cara al viento para percibir tu respiración. Así que, presta atención: allí donde esté, percibiré tus risas, veré la sonrisa de tus ojos, oiré tu voz. Saber simplemente que estás en algún sitio de la tierra será, en mi infierno, mi pequeño rincón de paraíso.

Tú eres mi Bachert.

Te quiero,

LUCAS

Zofia se acurrucó lentamente sobre la alfombra de hojas apretando la carta entre los dedos. Levantó la cabeza y miró el cielo cubierto de tristeza. En medio del parque, el nombre de Lucas sonó como jamás se había oído sonar en la Tierra: con los brazos estirados lo máximo posible hacia el cielo, Zofia desgarraba el silencio y su llamada interrumpía el curso del mundo.

—¿Por qué me has abandonado? —murmuró.

—¡Tampoco hay que exagerar! —contestó la voz de Miguel, que apareció bajo el arco del puntecillo.

—Padrino...

—¿Por qué lloras, Zofia?

—Te necesito —dijo la joven, corriendo hacia él.

—He venido a buscarte, Zofia, tienes que volver conmigo, esto se ha acabado.

Le tendió la mano, pero ella retrocedió.

—No voy a volver. Mi paraíso ya no está en casa.

Miguel avanzó hacia ella y le pasó un brazo por los hombros.

—¿Quieres renunciar a todo lo que tu Padre te ha dado?

—¿De qué servía darme un corazón y dejarlo vacío, padrino?

Él se colocó frente a ella y le puso las manos sobre los hombros; la miró atentamente y sonrió, lleno de compasión.

—¿Qué has hecho, Zofia?

Ella sumergió los ojos en los suyos. Con los labios contraídos por la tristeza, le sostuvo la mirada y dijo:

—He amado.

Entonces la voz de su padrino se hizo más débil, su mirada se volvió evanescente y la luz del día atravesó su rostro a medida que éste desaparecía.

—Ayúdame —suplicó Zofia.

—Es una alianza...

Zofia no oyó el final de la frase porque él había desaparecido, ya no volvería a oírlo.

—... sagrada —dijo ella, alejándose sola por la avenida.

Miguel salió del ascensor, pasó por delante de la recepcionista saludándola con un gesto impaciente y avanzó apresuradamente por el pasillo. Llamó a la puerta del gran despacho y entró sin esperar respuesta.

—¡Houston, tenemos un problema!

La puerta se cerró a su espalda.

Unos minutos más tarde, la voz atronadora del Señor hizo temblar las paredes del edificio. Miguel salió poco después e indicó a cuantos encontraba a su paso que todo iba sobre ruedas y que podían volver a su puesto de trabajo. Se metió detrás del mostrador de recepción y miró nerviosamente por la ventana.

En su inmenso despacho, el Señor observaba, iracundo, el tabique de enfrente. Abrió el cajón de su derecha y, dentro de éste, el compartimiento secreto; luego desconectó bruscamente el dispositivo de seguridad del interruptor.

Dio un puñetazo sobre el botón y el tabique se deslizó despacio sobre un riel, dejando a la vista el despacho del Presidente. Las dos mesas formaron una sola, desmesurada, y ellos estaban uno en cada punta, cara a cara.

—¿Puedo hacer algo por ti? —preguntó el Presidente, dejando su baraja.

—¡No puedo creer que te hayas atrevido!
—¿Atrevido a qué? —susurró Satán.
—¡A hacer trampas!
—Ah, o sea que he sido yo el que ha hecho trampas primero —replicó el Presidente con arrogancia.
—¿Cómo has podido atentar contra el destino de nuestros enviados? ¿Es que ya no tienes límites?
—¡Esto es el mundo al revés! ¡Era lo último que me faltaba por oír! —dijo Satán en tono burlón—. Has sido tú quien ha empezado a hacer trampas, amigo.
—¿Que yo he hecho trampas?
—¡Ya lo creo!
—¿Qué trampas he hecho yo?
—¡No adoptes ese aire inocente conmigo!
—Pero ¿qué es lo que he hecho? —preguntó Dios.
—Has vuelto a las andadas —dijo Lucifer.
—¿Con qué?
—¡CON LOS HUMANOS!

Dios tosió y se acarició la punta de la barbilla mirando a su adversario.
—Vas a dejar inmediatamente de perseguirlos.
—Y si no lo hago, ¿qué?
—Si no lo haces, seré yo quien te persiga a ti.
—Ah, ¿sí? Inténtalo, a ver qué pasa. Va a ser muy divertido. ¿Tú que crees, que los abogados residen en tu casa o en la mía? —replicó el Presidente, pulsando el botón de su cajón.
El tabique empezó a cerrarse con lentitud. Dios esperó a que estuviera semicerrado y respiró hondo. Entonces, desde el otro extremo de la mesa, Satán oyó su voz gritándole:
—¡VAMOS A SER ABUELOS!

El tabique se detuvo en el acto. Dios vio el semblante aterrorizado de Satán, que se había inclinado para mirarlo de nuevo.

—¿Qué has dicho?

—¡Me has oído perfectamente!

—¿Chico o chica? —preguntó Satán con inquietud, en voz baja.

—¡Aún no lo he decidido!

Satán se levantó de un salto.

—¡Espera, voy! ¡Esta vez tenemos que hablar de verdad!

El Presidente se acercó rodeando la mesa, cruzó la división y se sentó al lado del Señor en el otro extremo de la mesa. Siguió una larga conversación que se prolongó..., se prolongó..., se prolongó hasta la noche...

Y después amaneció y hubo...

... Una Eternidad

En Central Park soplaba una tenue brisa...

Un montón de hojas se arremolinó alrededor de un banco, en uno de los lados de la avenida peatonal. Dios y Satán se habían sentado en el respaldo. Los vieron llegar desde lejos. Lucas y Zofia iban de la mano. Con la otra, los dos empujaban el cochecito doble. Pasaron por delante de ellos sin verlos.

Lucifer suspiró, emocionado.

—¡Tú dirás lo que quieras, pero la niña es más guapa! —dijo.

Dios se volvió para mirarlo de hito en hito con expresión burlona.

—Creía que habíamos quedado en que no hablaríamos de los niños.

Se levantaron y caminaron juntos por la avenida.

—De acuerdo —dijo Lucifer—, en un mundo totalmente perfecto o imperfecto, nos habríamos enfadado. ¡Olvidémoslo! Pero, ahora que estamos solos cara a cara, puedes decírmelo. ¿Empezaste a hacer trampas el cuarto o el quinto día?

—Pero ¿por qué te empeñas en creer que hice trampas? —Dios le puso una mano sobre el hombro a Lucifer y sonrió—. ¿Qué me dices del azar?

Hubo un atardecer... y muchos otros amaneceres.

Agradecimientos

A Nathalie André, M. R. Bass, Éric Brame, Frédérique, Kamel Berkane, Antoine Caro, Philippe Dajoux, Valérie Dijian, Marie Drucker, M. P. Fehner, Guillaume Gallienne, M. C. Garot, Philippe Guez, Sophie Fontanelle, Katrin Hodapp, M. P. Leneveu, Raymond y Danièle Levy, Lorraine Levy, Daniel Manca, M. Natalini, Pauline Normand, el instructor IFR Patrick Partouche, J. M. Perbost, Regen Tell, Manon Sbaïz, Zofia y el sindicato de cargadores de la CGT del puerto de Marsella, Marie Le Fort, Alix de Saint-André, por su maravilloso libro *La verdad sobre los ángeles*, Nicole Lattès, Leonello Brandolini y Susanna Lea y Antoine Audouard.

OTROS TÍTULOS DE ESTA COLECCIÓN

EL EXTRAÑO CASO DEL DR. JEKYLL Y MR. HYDE

Robert Louis Stevenson

Tras una sucesión de crímenes misteriosos, el abogado Charles Utterson investiga, a la vez que descubre, la relación de su amigo el Dr. Jekyll, con el malvado y misántropo Edward Hyde, supuesto asesino de una de las víctimas. En sus cuadernos, el Dr. Jekyll confiesa que en su juventud consiguió una poción que lograba transformar a una persona en uno solo de sus dos polos opuestos. Así, cada vez que Jekyll tomaba la poción se metamorfoseaba en Hyde, disminuyendo su estatura y tomando un aspecto muy desagradable. Poco a poco perderá el control de los cambios y Hyde pasará a ser amo y señor de Jekyll. Un día, Poole, el mayordomo del Dr. Jekyll, asegura que alguien ha entrado en el laboratorio y lo ha matado. En realidad lo que encuentran en él es el cadáver de Mr. Hyde que se ha suicidado. Mientras el Dr. Jekyll ha desaparecido.

MATAR UN RUISEÑOR

HARPER LEE

Jean Louise Finch evoca una época de su infancia en la que su padre Atticus, abogado en una pequeña ciudad sureña, decidió defender a un hombre negro acusado de violar a una mujer blanca.

Novela de iniciación, *Matar un ruiseñor* muestra una comunidad dominada por los prejuicios raciales y la desconfianza hacia lo diferente, unos personajes bien perfilados y unidos por elaborados vínculos familiares y vecinales, así como un interesante proceso judicial.

Esta primera y única novela de la estadounidense Harper Lee ganó el premio Pulitzer en 1961. En 1962, el director Robert Mulligan la llevó a la pantalla en una inolvidable película que obtuvo dos Oscar: al mejor guión (Horton Foote) y mejor intérprete masculino (Gregory Peck).

ALIAS GRACE

MARGARET ATWOOD

En 1843, a los 16 años, Grace Marks se hizo famosa en Canadá al verse involucrada en el asesinato de Thomas Kinnear, a cuyo servicio trabajaba, y del ama de llaves y amante de éste. James McDermott, el mozo de cuadra y autor del crimen, fue condenado a muerte; a la joven se le conmutó la pena capital por la de cadena perpetua. Dieciséis años más tarde, el médico estadounidense Simon Jordan intenta, mediante nuevas técnicas europeas. rescatar de la memoria de la reclusa las escenas del homicidio.

La célebre autora canadiense de *El asesino ciego*, *El cuento de la criada* y *Oryx y Crake* parte de un hecho real para internarse en los lugares más recónditos de la mente y trazar un vívido cuadro de la sociedad decimonónica, sus contradicciones y complejidades.